Le vicomte de Tournebroche
et autres histoires

Christian Oster

Le vicomte de Tournebroche
et autres histoires

Illustrations de Willi Glasauer

Neuf

l'école des loisirs

11, rue de Sèvres, Paris 6ᵉ

Du même auteur à *l'école des loisirs*

Dans la collection *Neuf*

Le Colonel des petits pois
Le prince qui cherchait l'amour

Dans la collection *Mouche*

L'abominable histoire de la poule
Le lapin magique

© 2000, l'école des loisirs, Paris
Loi n° 49.956 du 16 juillet 1949 sur les publications
destinées à la jeunesse : mars 2000
Dépôt légal : mars 2000
Imprimé en France par Pollina à Luçon - n° 79425

SOMMAIRE

LE VICOMTE DE TOURNEBROCHE

Il y avait une fois, dans sa salle de bains, une reine très coquette qui se préparait pour le grand bal qu'elle devait donner l'après-midi même en son château.

Pour n'être qu'un bal d'après-midi, ce devait tout de même être une très grande fête. C'était une très grande reine aussi, et elle ne trouvait plus ses boucles d'oreilles.

C'étaient de très grandes boucles d'oreilles, également.

Des anneaux, en fait.

Cette reine avait deux filles jumelles, Suzette et Lison, qui s'entendaient à merveille, mais qui n'étaient pas parfaitement heureuses.

D'abord, leur mère leur criait tout le temps après.

Ensuite, les deux fillettes n'aimaient pas leurs prénoms.

Suzette aurait voulu s'appeler Suzon.

Lison aurait voulu s'appeler Lisette.

Or leur mère acceptait tout juste que, de temps en temps, Suzette se fît appeler Lisette, mais non Suzon, et Lison Suzon, mais non Lisette.

Bref, elle ne voulait pas que les fillettes touchassent à leur dernière syllabe.

Mais à la première, oui, à la rigueur.

On ne sait pas pourquoi.

C'était comme ça.

Mais le pire, donc, c'est qu'elle leur criait tout le temps après.

Par exemple, tandis que les deux enfants se préparaient près d'elle dans la salle de bains, la reine, qui ne trouvait toujours pas ses boucles d'oreilles, leur criait :

— Ah, vous avez encore joué avec mes

boucles, petites chipies! Aidez-moi à les chercher, au lieu de faire des grimaces devant la
glace!

— Mais on ne fait pas de grimaces, mère,
protesta Suzette, on se maquille pour la fête
de cet après-midi.

— Vous aurez bien le temps de vous
maquiller quand vous aurez trouvé mes
boucles! cria la reine. Et d'abord, vous n'avez
pas besoin de vous maquiller!

— Mais vous venez de dire, mère, commença Lison, qu'on aura le temps...

— Ça suffit! tonna la reine. Cherchez mes
boucles!

Et les deux fillettes se mirent aussitôt à
quatre pattes.

En fait, elles aimaient bien se mettre à
quatre pattes, même sans chercher de boucles
d'oreilles.

Et d'ailleurs elles ne les cherchaient pas.

La vérité, c'est que, dès qu'elles furent à
quatre pattes, elles se mirent à jouer.

Or, de même qu'il existe des rois très distraits – Dagobert, pour ne citer que lui –, de même il existe des reines très attentives.

Et la reine était de ces reines-là, et le petit jeu des fillettes ne lui échappa pas.

– Mais vous jouez, garnementes! s'écria-t-elle. Allez-vous chercher!

Et elle donna, vers les fesses de Suzette ou de Lison, – car bien qu'elle fût attentive, la reine confondait souvent les jumelles, même de dos –, un coup de pied qui manqua son but et qui lui fit perdre l'équilibre.

La reine chuta de tout son long, et elle se releva avec sa coiffure de travers, et sa robe de fête affreusement froissée. Elle entra dans une rage folle.

– Vous avez cinq minutes pour trouver mes boucles, brailla-t-elle, ou vous serez privées de fête! Et je vous mettrai au pain sec pendant trois jours! Ah mais, c'est que je ne suis pas comme mes boucles, moi! Quand on me cherche, on me trouve!

Et elle ajouta :

– Je ne suis pas si gentille que j'en ai l'air, vous savez !

Mais ce n'était qu'une formule, et pas magique du tout, car la reine n'avait jamais l'air gentil. Les petites, terrorisées, toujours à

quatre pattes, se mirent à courir partout dans la salle de bains, qui était très grande. À un moment, comme elles se trouvaient chacune à un bout de la pièce, peut-être dissimulées par le vaste panier de linge sale tressé de fils d'or, ou par l'immense baignoire aux pieds d'argent, elles ne se virent plus, et elles se mirent à se chercher, puis à s'appeler. Mais la reine, au comble de l'impatience, ne les entendit même pas. Elle pestait, seule devant sa glace, à remettre en place ses mèches et son bandeau serti de diamants, et à repasser sa robe du plat de la main, mais sa robe restait froissée, et sa coiffure était à refaire, et ses boucles d'oreilles ne réapparaissaient toujours pas. Quand, soudain, elle poussa un cri, et, ce qui était très étonnant, ce cri était un cri de joie.

— Mes boucles! Où avais-je la tête? Je ne me rappelais pourtant pas les avoir mises! Elles sont là, pendues à mes oreilles! Vous entendez, les petites? Cessez de chercher, voyons! Et arrêtez de vous traîner à quatre pattes! J'ai retrouvé mes boucles, vous dis-je!

Mais les fillettes ne répondaient pas.

— Où êtes-vous encore passées? se fâcha la reine. Vous jouez à cache-cache, maintenant?

Et votre maquillage? Sors de derrière la baignoire, Lison! Et toi, du panier de linge sale, Suzette! Ou bien je vais me fâcher!

C'était déjà fait, bien sûr, mais elle ne s'en rendait pas compte. Car, pour se rendre compte qu'on est en colère, il faut qu'avant on ne le soit pas. En plus, il ne faut plus l'être après. Je veux dire qu'il faut redevenir calme. Or la reine était toujours en colère. C'était sa façon à elle d'être calme, et elle n'eût pas compris qu'on lui en fît la remarque. Mais personne, naturellement, ne lui en faisait jamais la remarque, excepté le roi, qui pour l'instant n'était pas là. En attendant, les fillettes ne répondaient toujours pas.

— Allez-vous me répondre, à la fin! tonna de nouveau la reine.

Et, à bout de nerfs, elle se précipita vers la baignoire, puis souleva le couvercle du panier de linge sale: personne.

— Je suis là! entendit-elle alors.

C'était la voix de Suzon — ou de Lisette —,

qui lui parvenait comme si Suzon – ou Lisette – avait été tout près d'elle. Mais la reine ne la voyait pas.

– Je suis là! entendit-elle encore.

C'était la voix de Lisette – ou de Suzon –, qui lui parvenait comme si Lisette – ou Suzon – avait été tout près d'elle. Mais la reine ne la voyait pas.

– Mais où êtes-vous donc? s'écria-t-elle.

– Retournez donc vous regarder dans la glace, entendit cette fois la reine, ce qui la mit tout à fait hors d'elle, car elle avait compris: «Puisque vous n'êtes bonne qu'à ça.»

– Petites insolentes! tonna la reine. Vous mériteriez… Vous mériteriez…

Elle cherchait une punition plus dure que le pain dur, plus sèche que le pain sec, mais elle n'en trouvait pas. Heureusement pour les fillettes, elle n'avait pas beaucoup d'imagination.

– Eh bien, après tout, grogna-t-elle, j'y retourne, devant ma glace. Je ne vais pas me fatiguer à vous chercher, j'ai bien mieux à faire. Je dois réordonner ma coiffure.

Et elle retourna devant la glace.

— Vous nous voyez, mère, maintenant? entendit-elle.

Alors, enfin, la reine aperçut ses deux filles. Elles étaient devenues toutes petites sous l'effet de la frayeur. Et, maintenant, assises chacune sur un anneau de la reine, elles s'y balançaient comme sur une escarpolette, avec l'air de s'amuser comme deux petites folles.

— Allez-vous descendre de mes boucles! s'écria la reine. Vous allez me déchirer les lobes! Et je n'aime pas qu'on prenne mes royales oreilles pour un portique! Descendez de là!

— *On ne peut pa-as!* chantonnèrent les deux fillettes.

— Nous avons découvert vos boucles, sous le lavabo, ajouta l'une, mais nous étions déjà très petites, à ce moment-là, et, quand nous les avons touchées, nous nous sommes trouvées transportées dans les airs, et nous voilà suspendues à vos lobes.

– C'est très amusant! reprit l'autre. Mais, pour en descendre, pas question! Nous sommes comme aimantées!

– Comme aimantées, comme aimantées! ronchonna la reine. Où as-tu appris ce mot-là?

– Je ne sais pas, répondit la fillette. C'est le mot qui me semble convenir, voilà tout.

– Je m'appelle Lisette, ajouta Suzette, à moins que ce ne fût Lison.

– Et moi Suzon, dit Lison, à moins que ce ne fût Suzette.

– Ah, vous m'agacez avec vos histoires, dit la reine. Et a-t-on jamais vu deux fillettes bien élevées suspendues aux oreilles de leur mère? De toute façon, je vais changer de boucles, ça vous apprendra!

– Ça ne nous apprendra pas à grandir, en tout cas, dit Suzon, ou Lisette, car je vous rappelle, mère, que par votre faute nous sommes devenues toutes petites. C'est à force de nous faire peur, aussi. Quand vous nous grondez, tout ce que nous souhaitons, c'est entrer dans un trou de souris. Et voilà le résultat.

– C'est bien vrai, renchérit Lisette, ou Suzon. Mais de toute façon, mère, nous resterons petites, parce que vous vous fichez bien que nous grandissions. Et nous aussi, au fond, nous nous moquons de grandir, et nous sommes bien contentes de rester sur vos boucles. Nous nous y plaisons. Et d'ailleurs vous ne les retirerez pas, parce que ce sont les plus belles. Et vous voulez être belle cet après-midi pour le bal, ou bien je me trompe ?

– Ah, les chipies, grommela la reine, elles ont pourtant raison ! Ce sont mes plus belles boucles. Eh bien soit, ajouta-t-elle d'un ton adouci, je les garde. Après tout, j'aurai les boucles d'oreilles les plus originales qu'on ait jamais vues. Merci, les filles ! Et continuez donc de vous balancer, la lumière joue dans vos beaux cheveux blonds, et mes oreilles n'en ont que plus d'éclat. Vous remarquerez qu'ainsi tout le monde est content, et que je suis une bonne mère.

— Ça, c'est moins sûr, dit Lisette.

— C'est que vous êtes un peu forcée, là, dit Suzon.

— Tut-tut, répondit la reine, je ne suis pas si mauvaise. Je vous aime bien, au fond. Et puis vous m'allez très bien, ajouta-t-elle en s'admirant dans la glace.

— C'est vous qui ne nous allez pas, dirent les fillettes d'une même voix.

— Encore un mot et je vous écrabouille ! menaça la reine, en approchant de ses anneaux ses deux mains, pouces levés, prêts à s'abaisser sur les index recourbés.

— Attention, cria Lisette, ou Suzon, vous allez abîmer vos boucles !

Et la reine interrompit son geste.

— Quand je pense, remarqua l'autre fillette, sachant désormais que sa mère n'oserait rien contre elle, que vous ne vous êtes même pas étonnée de notre changement de taille! On dirait que ça ne vous fait rien, de nous savoir minuscules.

La reine haussa les épaules.

— Tu me prends vraiment pour une idiote, dit-elle. C'est parce que vous vous balanciez sur mes boucles, alors ça m'a énervée. Mais j'ai bien vu que ça n'était pas normal.

— Mais, reprit Lisette, ou Suzon, ça vous est égal de savoir que nous pouvons servir de becquée aux oiseaux, maintenant.

— Près de moi, vous ne craignez rien, répondit la reine. À présent, fichez-moi un peu la paix, je dois finir de me préparer.

Et les fillettes se turent, car elles voyaient bien qu'il était inutile de discuter. En plus, elles en avaient assez. Et, en attendant l'heure de la fête, elles continuèrent de se balancer pendant que la reine achevait de parfaire sa toilette. C'était agréable, au reste, de se balancer dans ces conditions, parce que les deux fillettes se voyaient dans la glace. En outre, chacune voyait l'autre, de l'autre côté de la tête de la reine. Sans glace, en effet, elles n'eussent pu s'apercevoir. Cependant, quand la reine détournait le visage de son miroir, les fillettes ne se voyaient plus, mais elles arrivaient à se parler, en se dressant chacune sur son anneau pour atteindre le creux de l'oreille de leur mère. Et, en tendant l'oreille dans celle de leur mère, elles parvenaient chacune à entendre ce que disait l'autre. Le seul problème, c'est que la reine les entendaient aussi, et les fillettes ne pouvaient pas dire n'importe quoi. Mais enfin, ça leur permettait de garder le contact.

Quand arriva l'heure de la fête, la reine descendit le grand escalier qui donnait accès à la salle de cérémonie, au bras de son mari le roi. Or, si la reine était du genre attentif, le roi, lui, était du genre distrait. Et il n'avait pas remarqué que ses filles se balançaient sur les anneaux de sa femme. La reine, bien sûr, ne lui en avait rien dit, pour qu'il ne se fâchât pas contre elle et qu'elle pût passer l'après-midi tranquille, à se faire admirer. Quant aux fillettes, elles continuaient de s'amuser et n'entendaient pas demander du secours à leur père

avant de s'être balancées tout leur soûl. Aussi Suzon, qui se trouvait tout près de son père, ne l'appelait-elle pas, alors qu'elle se trouvait presque au niveau de son oreille gauche.

Cependant, vers le bas de l'escalier, elle eut quand même envie de l'appeler, pour voir sa réaction. Elle ne fut pas déçue.

— Pardon? fit le roi à l'adresse de la reine. M'avez-vous parlé, ou bien est-ce la voix de Suzon que j'ai entendue?

— Quelle drôle d'idée, répondit la reine, nos filles ne sont pas là, et je ne vous aurais pas appelé «père», mon cher mari.

La reine, évidemment, avait entendu Suzon appeler son père, et elle tâchait de garder bonne contenance.

— Mais où sont nos filles, au juste? s'inquiéta le roi.

— Elles n'ont pas fini de se préparer, répondit la reine, vous savez comme elles sont lentes.

— C'est faux! s'écria Suzon, vexée.

— Pardon? fit le roi. Comment se fait-il que je ne cesse d'entendre la voix de Suzon?

— C'est dans votre tête, répondit la reine. Vous pensez trop à elles.

— Non, c'est juste à côté de votre tête, père, intervint Suzon.

Mais, comme elle ne voulait pas que son père la découvrît tout de suite, elle attrapa le haut de l'anneau, s'y hissa par les bras puis, ayant fait le cochon pendu, s'y rétablit en s'accrochant au lobe de sa mère, derrière lequel elle se cacha, les jambes bien repliées sous le haut de l'anneau.

— Aïe! fit la reine.

Le roi, guidé par la voix de sa fille, intrigué par le cri de la reine, qui de surcroît n'avait pu s'empêcher de porter la main à son oreille, fixa donc l'oreille de sa femme.

— Ah, dit-il, vous avez mis les beaux anneaux que je vous ai offerts pour notre dixième anniversaire de mariage. Ils vous vont à merveille. Mais je ne comprends toujours pas pourquoi j'entends la voix de Suzon si près de mon oreille. Ne l'entendez-vous pas vous-même?

— Ma foi, non, dit la reine.

Suzon, cependant, préférait se taire, maintenant, car elle craignait d'être découverte. Cramponnée au lobe de sa mère, elle attendit que le roi oubliât cet incident.

— M'entends-tu, Suzon? appela cependant le roi.

— Cessez, mon cher, lui chuchota la reine, d'appeler ainsi dans le vide. Épargnez-nous ce ridicule, je vous en prie.

Suzon, de son côté, ne répondit rien.

— Bah, dit le roi, vous avez raison, j'ai dû rêver.

Et il n'insista plus.

Au bas de l'escalier, le couple royal fut accueilli avec force révérences, puis des musiciens à perruque se mirent à jouer, et le roi ouvrit le bal. Les deux fillettes se taisaient, cachées chacune derrière un lobe de leur mère, afin que leur père ne les vît pas, mais, de temps en temps, elles pointaient le nez à l'extérieur pour apercevoir leur père, à seule fin de se faire plaisir.

Car elles aimaient beaucoup leur père.

Parce que c'est une histoire comme ça, avec une mère mauvaise et un père bon.

Un jour, j'en écrirai une avec une mère bonne et un père mauvais.

Un autre jour, avec des parents mauvais tous les deux.

Patience, patience.

Après que le bal eut été ouvert, les cavaliers changèrent de cavalière. Or un beau vicomte, quand il eut quitté la sienne, se dirigea vers la reine.

– Je me présente, majesté : vicomte de Roche-Tenbour. Voulez-vous m'accorder cette danse ?

La reine accepta, pas seulement parce que le vicomte était beau. C'est que ça ne se fait pas, quand on est reine, de refuser une danse à un vicomte. On passerait pour fière, et les reines ont à cœur de paraître modestes. Bref, le vicomte entraîna la reine dans une valse qui était elle-même entraînante, ce qui fait que la reine, réellement, se trouva entraînée. Elle en fut tout étourdie.

– Ah, vicomte, dit-elle, vous me faites tourner la tête.

— Voulez-vous prendre un peu de repos, majesté ? s'inquiéta le vicomte.

— Du tout, du tout, protesta la reine. Faites-moi danser encore.

Et, comme la musique recommençait, elle tendit les bras vers son cavalier.

— Elle est amoureuse, ou quoi ? souffla Suzon à Lisette, en se hissant jusqu'à l'oreille de sa mère.

— On dirait bien, chuchota Lisette.

Elles espéraient toutes deux que leur mère ne les entendait pas, à cause de la musique, et elles n'avaient pas tort, mais ce n'était pas à cause de la musique : c'était à cause de sa tête, tournée en effet par le vicomte. La reine n'était peut-être pas amoureuse, mais elle était séduite.

Puis le vicomte l'entraîna dans une troisième danse, et la reine, cette fois, n'en pouvant plus, demanda grâce. Elle se fit raccompagner jusqu'au fauteuil le plus proche et, là, elle souffla.

Le roi, qui venait de faire danser une comtesse, la quitta pour s'approcher de sa femme.

— Qu'avez-vous ma mie? Vous semblez lasse.

— Je le suis, mon ami, répondit la reine, je le suis. Ce vicomte de Roche-Tenbour m'a tuée. Quel danseur!

— Roche-Tenbour? s'étonna le roi. Je n'ai jamais entendu ce nom-là.

— Je ne l'avais jamais entendu moi-même jusqu'à ce soir, avoua la reine. Mon Dieu! s'exclama-t-elle.

— Qu'y a-t-il?

— Mes anneaux! s'écria la reine. Malheur, je ne les ai plus!

Et, en effet, nul anneau ne pendait aux oreilles de la reine.

— Ce n'est pas grave, voulut la rassurer le roi. Vous les avez sûrement perdus en dansant. Nous les retrouverons. Et, si nous ne les retrouvons pas, je vous en offrirai d'autres.

— C'est que…, commença la reine.

– Je comprends, lui dit le roi, vous y teniez. Mais ce ne sont que des boucles d'oreilles, ma douce. Et nous aurons un onzième anniversaire de mariage. Je vous promets que les prochains seront beaucoup plus beaux. En attendant, ajouta le roi, qui était généreux, mais qui avait le sens de l'économie, nous allons rechercher ceux que je vous ai déjà offerts.

Et le roi fit signe d'arrêter la musique. Les figeurs se dansèrent, ou le contraire, plutôt, et le roi ordonna à toute la cour de rechercher les anneaux de la reine. Alors, chacun se mit à quatre pattes, et la reine s'écria :

– Attention, ils sont fragiles ! Ne les écrasez pas !

Et, pour la première fois depuis longtemps, elle pensa à ses filles comme à quelque chose de précieux, et qu'elle risquait de perdre. Difficile de savoir, néanmoins, si c'était à ses filles seulement qu'elle songeait, ou bien surtout à ses anneaux. Mais enfin elle était émue, et ce n'était déjà pas si mal. Cependant, on ne retrouvait pas les boucles, et la soirée menaçait d'être gâchée si tout le monde la passait le nez au ras du sol. Le roi demanda donc qu'on interrompît les recherches, afin que la fête pût reprendre. Et la fête reprit. Mais la reine attira le roi à l'écart et, d'une voix tremblante, lui confia :

– Je ne vous ai pas tout dit, mon ami. Ces anneaux...

De son côté, le vicomte de Roche-Tenbour avait quitté discrètement le château et, ayant enfourché son cheval, il gagnait vivement la forêt proche. Quand il fut arrivé en vue d'un gros chêne creux, il descendit de cheval et disparut à l'intérieur du tronc. Il en ressortit, chaussé de très grandes bottes, et, abandonnant son cheval, puis prenant son élan, il s'éleva par-dessus les arbres. En une seule enjambée, il parcourut sept lieues et demie, car ses bottes étaient d'un tout nouveau modèle, aux semelles surcompensées et munies d'un aileron frontal qui améliorait leur coefficient de pénétration dans l'air, et, en quelques pas, il parvint à son repaire, tout au fond de la forêt.

Là, il sortit les boucles de sa poche et les enferma dans un coffret. Ensuite, il se rendit dans sa bibliothèque, qui était composée essentiellement d'ouvrages culinaires, et y chercha le manuel intitulé *Les mille et une façons d'accommoder les petites filles*. L'ayant trouvé, il l'ouvrit à un chapitre spécial intitulé «La préparation des toutes petites filles» et se mit à le lire. Ne trouvant pas ce qu'il cherchait, il se reporta au sous-chapitre intitulé «La préparation des toutes petites filles qui se trouvent aimantées à des boucles d'oreilles». Mais ce sous-chapitre ne comportait qu'une ligne, qui disait: «Se reporter à l'ouvrage du même auteur, *Les mille et une façons d'accommoder les sauterelles unijambistes de Patagonie.*» Alors le vicomte, exaspéré, jeta le livre à travers la pièce et s'efforça de réfléchir. C'était, du reste, ce qu'il avait de mieux à faire.

Pendant ce temps, le roi et la reine divorçaient. La reine ayant expliqué au roi ce qu'il était advenu de ses filles, aimantées aux boucles d'oreilles de leur mère, le roi était entré dans une grande colère, et il avait décidé qu'il n'aimait plus sa femme. En même temps, il s'était aperçu qu'il ne l'aimait plus depuis bien longtemps, et qu'il ne l'avait gardée pour femme que par habitude, et parce qu'elle lui avait fait de beaux enfants. La fête fut interrompue, on fit venir le maire de la ville, et l'on procéda au divorce en grande pompe, devant toute la cour. La reine, humiliée, se vit retirer son bandeau serti d'argent, qui lui servait de couronne ce soir-là, mais elle ne fut point bannie, car le roi entendait bien qu'elle participât avec lui aux recherches. On avait, en effet, après avoir consulté les fichiers royaux, découvert la véritable identité du vicomte de Roche-Tenbour, et compris pourquoi il avait, une fois qu'il eut ôté avec habileté les boucles des oreilles de sa cavalière à la faveur de la danse, emporté avec lui les fillettes. Le vicomte de Roche-Tenbour s'ap-pelait en réalité vicomte de Tournebroche, et il fréquentait les milieux royaux à seule fin de se procurer de jeunes et beaux enfants pour les faire cuire. Car, réputé pour son estomac délicat, il ne supportait que la chair des enfants royaux, qui est rose et fondante. On avait signalé sa présence, dans plusieurs cours royales, sous diverses identités d'emprunt.

Le roi rassembla ses invités et, sans plus tarder, les fit monter à cheval afin que toutes les énergies fussent consacrées à retrouver le vicomte de Tournebroche. Et les recherches commencèrent.

Le vicomte, quant à lui, réfléchissait en son repaire à la meilleure façon d'engraisser les fillettes. En effet, telles quelles, elles n'eussent comblé qu'une de ses dents creuses. Tout en salivant – ce qui découvrait, dans son beau visage, d'affreuses dents pointues –, il consulta donc un autre livre de recettes, assez ordinaire celui-là, intitulé *Les bonnes recettes de tante Lucie*, et qui contenait d'excellentes recettes propres à nourrir les petites filles. Toutefois, il le referma vite, calculant qu'il était bien plus intelligent, et surtout bien plus rapide, de rendre aux fillettes leur taille d'origine en recourant aux services d'une fée.

Le vicomte connaissait bien une fée, dans la forêt, mais il ne s'entendait guère avec elle. C'était en effet une bonne fée, qui ne supportait qu'à contrecœur le voisinage d'un mauvais vicomte. Et le vicomte de Tournebroche était, en réalité, le pire des mauvais vicomtes. Et la seule façon dont le vicomte pouvait bénéficier de sa magie était encore de l'enlever puis de la forcer à rendre leur taille aux fillettes. Or, pour ce qui était d'enlever les gens, le vicomte était à son affaire.

Évidemment, la fée était une fée, et, pour l'enlever, le vicomte devrait lutter contre sa magie. Il avait bien quelques pouvoirs, mais enfin ça n'allait pas bien loin. Il savait cirer ses bottes sans se baisser, en prononçant une formule magique, et transformer en pommes de terre des épluchures de pommes de terre, mais c'était à peu près tout. En magie, il était plutôt nul, et, en définitive, avec cette fée, il avait du pain sur la planche. Cependant, il était très motivé, et il comptait bien employer la ruse.

Le roi et ses nobles sujets, en compagnie de la reine, également, passaient pendant ce temps la forêt au peigne fin. On explorait chaque arbre creux, chaque rocher suspect, on pénétrait violemment dans chaque cabane, délogeant tantôt un bûcheron hébété, tantôt un loup habillé en grand-mère, qui s'enfuyait en chemise de nuit, tantôt encore un ogre de second ordre qui, surpris que toute une armée fût levée contre lui, lâchait précipitamment son *Manuel à l'usage des ogres sans envergure* et dressait fièrement la tête pour accueillir la troupe en s'efforçant de prendre un air féroce. Évidemment, personne n'était dupe, d'autant qu'il ne chaussait qu'un petit quarante-deux, ce dont témoignaient de simples bottines en poil de castor soigneusement rangées au pied de son lit. Et, réellement, le roi commençait de désespérer de jamais retrouver ses filles.

Le vicomte de Tournebroche, cependant, arrivait chez la fée. Elle vivait au pied d'un

frêne, dans le terrier qu'un vieux lapin lui
avait laissé en héritage pour services rendus.
Elle mesurait environ vingt-cinq centimètres
de haut sur cinq de large et sa robe était une
feuille de platane, qu'elle avait imperméabili-
sée à l'aide d'un produit en bombe et qu'elle
portait à la romaine, avec un pan passé par-
dessus l'épaule. Au reste, c'était une jolie
petite brune, qui passait le plus clair de son
temps dehors, perchée sur une fleur, à bavarder avec les papillons.

La fée n'étant pas chez elle, le vicomte de
Tournebroche alla la chercher dehors, l'aperçut juchée sur une jonquille et, son arrivée
ayant chassé le papillon avec qui elle papotait,
il la salua poliment.

– Je te trouve bien aimable, vicomte,
aujourd'hui, lui répondit la fée. Tu n'aurais
pas besoin de quelque chose? En tout cas,
j'espère que tu ne comptes pas sur moi.

– Oh, je n'ai besoin de rien, rétorqua le
vicomte. J'ai simplement recueilli chez moi

deux petites filles qui, elles, auraient grand besoin de ton aide. Les malheureuses ont rapetissé à la suite de je ne sais quel mauvais sort, et elles font si peine à voir que mon chagrin m'a conduit jusqu'à toi.

— Te moques-tu de moi, vicomte? se fâcha la fée. Depuis quand les petites filles te donnent-elles du chagrin? Et depuis quand les recueilles-tu? Ne les aurais-tu pas cueillies, plutôt, comme on cueille des cerises, à l'Arbre-aux-petites-filles?

— Que veux-tu dire? s'étonna le vicomte, troublé. Je ne connais pas cet arbre. Et je sais que tu ne me l'indiqueras pas, mais je peux t'affirmer que ces petites filles ne poussaient sur aucun arbre. D'ailleurs, elles ne poussent pas du tout. C'est bien le problème. Il faudrait que leur croissance reprenne.

— Eh bien, suggéra la fée, tu n'as qu'à les nourrir.

— C'est que, les ayant trouvées abandonnées dans la forêt, perchées sur la fronde d'une fougère, je voudrais les rendre à leurs parents au plus vite, mentit effrontément le vicomte. Ils doivent être fous d'inquiétude. Et, en attendant, les fillettes pleurent, et cela me déchire le cœur.

— Décidément, observa la fée, tes mensonges sont de plus en plus grossiers, vicomte. Sais-tu que ça en devient vexant, pour moi?

— Bon, bon, concéda le vicomte en découvrant ses affreuses dents pointues. D'accord. Bien sûr, Paula, que j'ai l'intention de manger ces deux petites filles. Tu me connais bien assez pour ça. Mais je te ferai remarquer que ça ne change pas grand-chose au problème.

— Comment ça?

— Eh bien, les fillettes doivent tout de même retrouver leur taille normale. Et cela relève bien de ta compétence. Je te propose donc de m'accompagner jusqu'à elles pour que tu leur rendes leur taille. Ensuite, ou je les mange toutes crues – je suppose que tu ne me laisseras pas le loisir de les cuisiner –, ou tu m'en empêches. Nous verrons bien alors qui de nous deux sera le plus vif. Ou le plus malin.

– Je dois dire que pour une fois, concéda la fée, ton marché me paraît honnête. C'est un combat singulier que tu me proposes, vicomte. Soit, je relève le défi. Allons-y.

Et le vicomte conduisit la fée à son repaire, bien caché tout au fond de la forêt. Quand ils arrivèrent dans la grande pièce où, sur sa table de travail, le vicomte avait enfermé les deux petites dans le coffret, la fée demanda où se trouvaient les fillettes. Le vicomte hésita un peu à le lui dire, car il craignait les pouvoirs de la fée, mais enfin il se décida. Il désigna le coffret, puis l'ouvrit.

Les fillettes parurent, chacune endormie à l'intérieur de sa boucle, tel un Pierrot sur son croissant de lune, chaque boucle reposant à la verticale dans les fentes peu profondes d'un écrin garni de feutre. Car elles n'avaient pu, épuisées par la peur, que trouver refuge dans le sommeil. Puis, sous l'effet de la lumière, elles clignèrent des yeux et reconnurent le vicomte. Alors, la terreur les étreignit de nouveau. Et, de toutes leurs forces, elles se cramponnèrent chacune à sa boucle, ce qui était inutile, bien sûr, puisque chacune s'y trouvait aimantée.

– Pitié! implorèrent-elles. Nous n'avons pas mérité de mourir! Nous ne sommes pas méchantes!

– La question n'est pas là, expliqua calmement le vicomte. Peu importe qu'un enfant soit bon ou méchant, pourvu qu'il flatte agréablement mon palais. Mais, en attendant de vous déguster, je vous ai apporté une petite amie, mes belles.

Et le vicomte, d'un geste large, désigna la fée, qui se tenait un peu en retrait, perchée sur le dossier d'un fauteuil.

– Oh, une fée! s'écrièrent immédiatement les fillettes.

— Et une bonne fée, on dirait! ajouta Suzette.

— Qui va sûrement nous aider! renchérit Lison.

— Hélas, répondit la fée, je vais bien essayer de vous aider. Mais je ne peux, pour cela, que vous rendre votre taille normale, afin que vous puissiez vous enfuir. Cependant, dès que vous serez redevenues grandes — je me comprends —, le vicomte risque de vous attraper et de vous croquer toutes vives.

Je ne peux rien de plus pour vous, malheu-reusement. Et vous devrez faire preuve d'une grande rapidité, ainsi que de malice.

— Ça ira, Paula, assez de discours, inter-vint le vicomte. Venons-en au fait.

— Je suis prête, dit la fée.

— Moi aussi, dit le vicomte.

Et tous deux se tenaient à proximité des fillettes, l'une prête à les sauver, l'autre à les dévorer.

— Tenez, les enfants, dit la fée.

— Hé, qu'est-ce que c'est que ça? protesta le vicomte.

— Je mène ma magie comme je l'entends, répondit la fée en continuant de tendre aux fillettes un petit objet qu'elle tenait en main. C'est une minuscule boîte à musique, et elle leur servira à mieux t'échapper quand elles auront retrouvé leur taille. Tu y vois une objection?

— Heu, non, concéda le vicomte. Tu choisis tes armes, après tout. Mais ta boîte à musique ne me fait pas peur. Elles n'auront d'ailleurs pas le temps de s'en servir.

Et le vicomte se mit en position, prêt à bondir sur ses proies. La fée remit alors la boîte à musique entre les mains de Suzette. Aussitôt, les deux fillettes disparurent. Seules, dans l'écrin, restèrent les deux boucles.

— Mais tu ne les as pas fait grandir! tonna le vicomte. Et où sont-elles?

— Tu ne crois quand même pas que je vais te le dire, rétorqua la fée. Cherche-les donc. Mais, ajouta-t-elle, pour te dédommager, je t'offre à toi aussi une boîte à musique.

Et elle lui tendit une boîte à musique exactement semblable à celle qu'elle avait donnée aux fillettes, et qu'elles avaient emportée avec elles. Le vicomte, naturellement, ignora ce dérisoire cadeau, le posant négligemment près du coffret. Et, tantôt sur la pointe des pieds, tantôt à quatre pattes, il se mit à chercher fébrilement les deux fillettes, maudissant la fée, explorant chaque recoin de son repaire.

– Petites comme elles sont, ragea-t-il, elles ne pourront de toute façon pas aller bien loin. Ah, elles ne perdent rien pour attendre! Et toi non plus, Paula! ajouta-t-il à l'adresse de la fée.

Mais la fée avait disparu aussi.

– Va donc au diable, après tout! maugréa le vicomte. Je n'ai que faire de toi et de tes cadeaux de malheur! Tu ne m'as jamais intéressé. De toute façon, si j'ai bien compris, tu n'es plus là pour m'entendre.

Et, tandis que le vicomte recherchait les fillettes, le roi et sa cour, eux, recherchaient le vicomte. Et les fillettes, naturellement, auxquelles le vicomte devait les conduire. Mais son repaire demeurait introuvable. Le roi, désespéré, avait interrogé en chemin tout le personnel de la forêt: loups, chasseurs, sorcières, princes transformés en monstres, belles endormies dans leur cercueil de verre, sorties de leur sommeil à grands coups de baisers de princes – il n'en manquait pas à la cour du roi, qui avait également six grands fils –, il avait même éveillé un vénérable hibou, mais personne n'avait la moindre idée de l'endroit où gîtait le vicomte. La troupe était exténuée ; le roi avait ordonné une halte dans une clairière, car il ne servait à rien d'user la force des hommes pour une marche sans but. Et, tandis que ses sujets s'offraient un petit somme réparateur, qui au pied d'un chêne, qui au pied d'un bouleau, le roi, se refusant à dormir, s'était mis à réfléchir, assis au pied d'un hêtre, le dos tourné à sa femme, installée de l'autre côté de l'arbre.

Puis il céda lui aussi à la fatigue. Alors, mille cauchemars peuplèrent sa sieste, et, comme il luttait avec son épée contre un dragon qui n'était autre qu'une des cent cinquante formes possibles du vicomte, dardant vers lui ses quinze langues de feu, il s'éveilla, en sueur, se dressa sur ses pieds et, brandissant son épée, levant encore la tête pour faire face au dragon de son rêve, arrêta son regard sur les branches de l'arbre au pied duquel il avait dormi. Et cet arbre, au beau milieu de la clairière, était le seul qui fût chargé de fleurs, comme si le printemps venait d'arriver rien que pour lui. Et ces fleurs étaient blanches, et elles commençaient seulement de s'ouvrir. Et alors elles s'ouvrirent complètement, et dans le cœur de chaque fleur s'éveilla à son tour une toute petite fille, et il y en avait tant qu'on ne pouvait les compter. Cependant, pour deux des petites filles, il sembla que ce fût soudain l'automne, et, leurs pétales s'étant grands ouverts, les deux filles du roi tombèrent, les bras écartés, en tournoyant jusqu'au sol.

— Mes filles ! s'écria le roi en les ramassant. Comme vous m'avez manqué !

Et il les serra contre son cœur.

— Mes boucles ! s'écria la reine, qui arrivait de l'autre côté du tronc. Qu'avez-vous fait de mes boucles ?

Mais le roi ne lui prêta pas attention. Tout au bonheur de retrouver ses filles, il laissa la reine tourner autour de l'arbre, le nez baissé, à rechercher ses boucles dans le tapis de feuilles mortes.

Cependant, les autres petites filles, tout juste écloses, réclamaient du haut de leurs branches qu'on les cueillît sans plus tarder. Le roi, ayant pitié d'elles, tendit alors la main vers la branche la plus basse, qui ployait sous le poids de toutes ces fleurs, et voulut en cueillir une entre pouce et index ; mais la tige résista si fort qu'il craignit de blesser, en l'arrachant, la fillette lovée au cœur des pétales. Un corbeau, perché sur la plus haute branche de l'arbre, la quitta alors pour se poser sur la plus basse et dit au roi :

— N'insistez pas, sire. Seuls les parents de ces fillettes ont le droit de les cueillir, et elles devront attendre, pour tomber, qu'on ait retrouvé leur trace. Mais n'ayez point d'inquiétude pour elles. En attendant, elles sont en sécurité, ici. Et, d'ailleurs, leur délivrance est proche, car elles sont déjà toutes en fleur.

Tandis qu'il parlait, des gens de la cour, à l'autre bout de la clairière, s'étaient groupés au pied d'un érable, et le roi ainsi que les deux fillettes s'approchèrent, intrigués.

— C'est sans doute l'Arbre-aux-petits-garçons ! commentait un baron, le doigt levé vers les branches.

En effet, au cœur des fleurs en bouton, on distinguait de jeunes enfants qui n'avaient pas l'air de filles, mais, pour le savoir avec certitude, il eût fallu en cueillir un. Et de même qu'on ne pouvait cueillir ici une petite fille qu'on n'avait point faite, de même on ne pouvait cueillir un petit garçon qui ne fût pas à soi. Toutefois, une fleur, une seule, s'épanouit puis se détacha d'elle-même de sa branche et chuta en tournoyant jusqu'au sol. L'enfant, qui était bien un garçon, en sortit sans façon et, comme il expliquait à l'assemblée qu'il était orphelin de père et de mère, le baron qui avait levé le doigt vers l'arbre, et qui avait pour épouse une excellente femme, proposa de l'adopter, avec l'assentiment du roi.

— Comment t'appelles-tu, au fait, mon petit ? demanda le roi à l'enfant.

— Matthieu, répondit l'enfant.

— Et peux-tu me dire, Matthieu, comment tu es arrivé jusqu'ici ?

— Oh, c'est tout simple ! répondit l'enfant. C'est une fée qui m'a fait rapetisser pour m'arracher aux griffes d'une sorcière myope. Après cela, avec une vieille pièce en fer-blanc qui traînait au fond de ma poche, j'ai loué les services d'une pie. Elle m'a amené au-dessus de l'arbre, m'a lâché, et je suis tombé droit sur un bourgeon qui, à mon arrivée, s'est entrouvert pour me recueillir.

— Ah bon ! acquiesça le roi. Je comprends, je comprends !

En vérité, il ne comprenait pas grand-chose, mais ce n'était pas grave. L'essentiel, c'est que l'enfant eût été sauvé.

— À propos, demanda alors le roi au corbeau qui venait de rejoindre l'assemblée d'un coup d'aile, n'existe-t-il pas d'arbre mixte, ici ?

— Non, sire, répondit le corbeau. Cette forêt est une institution sérieuse, et nous tenons beaucoup à ne pas mêler les sexes. Mais, ajouta-t-il, il y a d'autres forêts. Si le cœur vous en dit...

— Non, répondit le roi. Mes compagnons sont fourbus, et il est temps de rentrer, car la nuit va tomber. Quant au vicomte, nous le pourchasserons un autre jour, afin de le punir pour ses forfaits. Il nous reste tout de même à rendre leur taille normale à nos enfants, et, pour cela, à trouver une personne spécialisée. La journée n'est pas finie.

Mais, tandis qu'il parlait, les jumelles et l'orphelin avaient tiré de leur poche une minuscule boîte à musique – il n'y en avait toutefois qu'une pour les jumelles, mais cela se révéla suffisant –, et, comme ils tournaient chacun la manivelle de leur petite boîte, une agréable musique s'en éleva. Ils commencèrent alors à grandir et, quand la musique, qui était la même pour les deux boîtes, eut égrené sa dernière note, ils avaient retrouvé leur taille normale.

Chacun se félicita, le roi en tête, mais, comme toute la cour avait reconnu dans la musique un des airs qu'on avait fait jouer à la fête royale, tous demandèrent qu'on remît en marche les boîtes, pour le plaisir, afin que l'on dansât pour fêter l'événement.

Les enfants s'exécutèrent et, par chance, quand ils eurent tourné les manivelles, ils ne redevinrent pas petits, comme on pouvait s'y attendre. Et toute la cour, enfants compris, dansa au milieu de la clairière. Sauf la reine, toutefois, qui cherchait toujours ses boucles.

Alors, quand la musique une seconde fois cessa, la cour se mit gaiement en route pour rentrer au château. Sauf la reine, bien sûr, qui cherchait toujours ses boucles. Et, quand le roi, sa cour et les enfants se furent éloignés, elle resta seule dans la clairière, bien décidée à retrouver ses boucles. Ne les trouvant pas, elle finit par songer qu'elles étaient demeurées en la possession du vicomte. Et, pour retrouver ses anneaux, elle décida de chercher seule le repaire du vicomte, et elle se mit en route.

Or la nuit tombait, et, dans l'obscurité de

la forêt, la reine craignit cent fois de se perdre. De fait, elle se perdit. Et, comme sa robe s'était accrochée aux ronces, elle était en lambeaux, et la reine ne ressemblait plus guère à une reine. Mais, enragée par sa recherche, elle persistait à avancer, sans savoir dans quelle direction elle allait, bien décidée à trouver le repaire du vicomte. Elle était épuisée, toutefois, et s'arrêta un instant pour s'asseoir sur une souche. Puis, ayant repris son souffle, elle se releva et repartit de plus belle. La forêt, par ici, s'obscurcissait; les branches des arbres se resserraient, et on eût dit que c'était pour elle, la reine, qu'elles se conduisaient ainsi, afin de l'immobiliser. Et lorsque, au bout d'un chemin étroit et sombre comme un tunnel, il lui sembla que les arbres allaient la prendre et l'étouffer, elle buta contre une pierre à demi enfoncée dans le sol. Et, la pierre ayant tourné sur elle-même, une trappe s'ouvrit sous les pieds de la reine.

Devant elle, dans une faible lumière jaune,

elle distingua un escalier. Elle s'y engagea, courageusement, car, pour être mauvaise, elle ne manquait pas de courage. Elle descendit ainsi l'équivalent de deux étages, puis elle se trouva face à une porte. C'était une lourde porte, fermée à double tour, sur laquelle elle pesa de tout son poids, en vain. Elle y cogna, également en vain, puis y tambourina, toujours en vain, jusqu'à s'écorcher les phalanges. Alors, à bout de forces, la reine s'assit au bas de la porte et se prépara à mourir ; il lui semblait en effet qu'elle venait d'arriver au bout du chemin, et que ce chemin, dur, inhospitalier et obscur, était celui de sa vie. Elle n'avait pas peur de la mort, car la vie ne lui souriait plus guère. C'est sans doute pour cette raison que, lorsque la porte s'ouvrit dans son dos, elle ne s'évanouit pas de frayeur.

Le vicomte de Tournebroche se pencha sur elle et la releva galamment, quoiqu'il eût un sourire cruel. Il lui dit qu'il l'attendait. Comme la reine s'en étonnait, il lui répondit qu'il était naturel qu'elle eût cherché à récupérer ses boucles. Il ajouta que, de son côté, il avait cherché ses deux filles, afin de s'en saisir et de les manger, mais qu'il avait échoué, apparemment, et qu'il voulait se montrer beau joueur. Mais que la reine, elle, avait de la chance, puisqu'il lui avait conservé ses boucles. Il la conduisit alors dans la pièce où se trouvait le coffret, dont le couvercle était resté ouvert. Les boucles, bien droites dans leur écrin, luisaient de tout leur éclat.

– Mes boucles! s'écria la reine. Mes chères boucles!

Pourtant, une note de tristesse et d'inquiétude assombrissait sa voix. Et, s'approchant du coffret, la mauvaise reine hésitait, comme si elle eût couru le plus grand des dangers. Alors, en apercevant la petite boîte à musique, que le vicomte avait laissée près du coffret, elle en approcha la main, comme d'un objet bénéfique, délaissant un instant les boucles. Toutefois, elle interrogea du regard le vicomte, pour savoir s'il l'autorisait à en tourner la manivelle.

— Je vous en prie, lui dit le vicomte. C'est une insolente petite fée de mes amies — enfin, c'est une façon de parler — qui me l'a offerte pour se moquer de moi, et je n'y ai même pas touché. Je suis curieux de savoir, maintenant, quelle sorte de musique elle joue.

La reine, d'un geste un peu hésitant, tourna la manivelle et une musique s'éleva de la boîte, identique à celle sur laquelle toute la cour avait dansé dans la clairière. Mais, alors, la reine n'y avait pas prêté attention, et c'est seulement maintenant qu'elle reconnaissait l'air sur lequel elle avait dansé avec le vicomte au cours de la fête royale.

– Ah, s'exclama-t-elle, cette valse! Elle me fait tourner la tête!

Et le vicomte lui tendit les bras. Il l'entraîna, sur la musique, dans une danse endiablée dont la reine sortit de nouveau exténuée, mais ravie, comme si un charme agissait sur elle en dépit de la fatigue. La musique s'étant achevée, le vicomte l'invita à reprendre ses boucles, puisque, insista-t-il, elle était venue pour les reprendre. La reine, à la fois soucieuse et heureuse d'obéir au vicomte, quoique se sentant extrêmement faible, s'approcha du coffret et prit en main la première boucle. Mais elle ne put récupérer la seconde; dès qu'elle eut touché la première, elle s'y trouva aimantée, réduite à la taille d'un minuscule bibelot.

– Vous m'avez tendu un piège, vicomte! s'écria la reine d'une voix rauque, qu'on eût dit d'un mainate enroué, et qui se frayait difficilement son chemin jusqu'à l'oreille de son hôte.

– Ces boucles vous appartiennent, lui répondit le vicomte, qui avait tendu l'oreille pour l'entendre. Je n'y suis pour rien, croyez-le bien. En revanche, vous me donnez une idée, ajouta-t-il.

Et il s'approcha de la mauvaise petite reine, souleva la boucle et, l'ayant examinée à la lumière, l'emporta dans une autre pièce. C'était une vaste salle de bains, qui n'avait rien à envier à celle de la reine, et qu'ornait un immense miroir cerclé d'or. Le vicomte s'installa face au miroir et s'y considéra, la boucle à hauteur de son oreille droite.

– Ma foi, dit-il, vous m'allez fort bien, madame. Je crois que je vais vous adopter.

Et il accrocha la boucle à son oreille, tandis que la reine se débattait comme elle pouvait, se balançant tout de travers.

– Ah, calmez-vous, ou je vous écrase! gronda le vicomte.

La reine cessa de se balancer, mais elle continua de protester, criant dans l'oreille du vicomte.

— Lâchez-moi, ou j'appelle mes gardes !

— Je ne vous tiens pas, madame, rétorqua le vicomte, et je ne vois pas ici que vos gardes vous aient suivie. Taisez-vous, maintenant, vous me cassez l'oreille ! ajouta-t-il, en approchant de son oreille son pouce et son index.

La reine se tut.

— Ah, vous voilà devenue raisonnable, dit le vicomte. Et j'espère que dorénavant vous allez vous comporter comme une obéissante petite boucle d'oreille. Décidément, se félicita-t-il en se contemplant dans le miroir, cette unique boucle pendue à mon oreille droite, avec cette petite figurine à l'intérieur, sied merveilleusement au bel homme que je suis. Je revendrai l'autre, quand j'en aurai le temps !

C'est ainsi que la reine orna longtemps l'oreille droite du vicomte de Tournebroche, et qu'elle l'accompagna dans ses sinistres aventures. Et, quand le vicomte attrapait des enfants de roi, et qu'il les faisait rôtir, sur les broches qu'il avait installées dans une pièce à part, la reine fermait les yeux pour se dérober à cette affreuse vision, car elle croyait avoir, en tant que reine, un fond de délicatesse. Mais, peu à peu, elle s'habitua à voir le vicomte de Tournebroche dévorer des enfants, et il lui sembla bientôt que, dans ces occasions, l'eau lui venait à la bouche. Alors elle découvrit qu'elle avait, depuis toujours, raté sa vocation d'ogresse. Un jour, particulièrement alléchée, elle demanda au vicomte s'il n'y avait pas moyen qu'elle retrouvât sa taille normale, et qu'elle partageât ses repas avec lui, mais le vicomte, qui aimait être cruel aussi avec les grandes personnes, refusa de recourir aux services d'une quelconque mauvaise fée pour agréer la reine.

C'est à la même époque que le roi, ayant organisé une grande battue dans la forêt,

trouva le repaire du vicomte, parce qu'un de
ses hommes avait buté, enfin, sur la pierre qui
commandait l'ouverture de la trappe. Quand
le vicomte fut pris, et comme dans le
royaume on avait aboli depuis longtemps la
peine de mort, il fut exilé sur une île déserte,
où il attendit en vain, le restant de ses jours,
qu'un naufrage lui apportât, parmi les passa-
gers d'un bateau, quelque petit enfant à rôtir
sur une branche. Mais aucun bateau ne
s'échoua jamais sur l'île, et le vicomte, qui ne
hantait plus les fêtes royales, ne put jamais se
réjouir de l'effet que rendait, à son oreille

droite, sa merveilleuse boucle d'oreille ornée d'une reine. Alors, dépité, il décida de jeter la boucle dans la mer, avec la reine. Puis il se ravisa, car il s'aperçut que, s'il se séparait de la reine, il finirait ses jours seul sur son île, et, que, maintenant qu'il n'avait plus d'enfants à manger, sa vie solitaire n'avait plus de sens. Il garda donc la boucle, avec la reine, en espérant qu'un jour une fée passerait, qui pourrait rendre à la reine sa taille normale, afin d'en faire une compagne digne de ce nom. Mais aucune fée ne passa jamais, et le vicomte de Tournebroche acheva sa vie en compagnie de sa seule boucle d'oreille, à manger des bananes, et, le soir, au coin du feu, à l'orée de sa grotte, il bavardait mélancoliquement avec la reine, pendue à son oreille, en regardant le soleil se coucher loin sur la mer. Et un jour, leur tristesse, à tous les deux, devint si grande qu'ils finirent par s'aimer. Mais il était trop tard, car la mort s'avançait vers eux. Et c'est comme une délivrance qu'ils l'accueillirent :

couché sur son lit de palmes séchées, le vicomte ôta alors sa boucle d'oreille, il la porta à ses lèvres et donna à la reine un baiser, et dans ce baiser il y avait tout l'amour que ni lui ni la reine n'avaient jamais donné, et encore tout l'amour qu'ils n'avaient jamais reçu. Puis tous deux sombrèrent dans le néant.

LA BERGÈRE ENFERMÉE

Un mauvais géant, il y a longtemps de cela, cherchait une épouse, et, comme il était mauvais, il avait décidé de ne pas demander son avis à la jeune femme qu'il choisirait. Un jour, il se mit en route afin de la trouver et de l'emporter, comme prévu, sous son bras pour l'enfermer dans son château. Car il possédait un château, qu'il avait fait entièrement construire, pierre à pierre, par les enfants qu'un ogre de ses amis lui prêtait en attendant de les manger, pour qu'ils travaillassent à son profit.

Ce mauvais géant, par ailleurs, était myope. En outre, il lui arrivait d'être distrait,

et il avait cassé ses lunettes, une semaine plus
tôt, en s'asseyant dessus. Enfin, il avait si mauvais caractère qu'il s'était fâché avec tous les
opticiens du pays, qui refusaient désormais de
lui fabriquer des lunettes à sa taille.

Or, quand il partit chercher une épouse,
sa myopie le desservit. En apercevant une
bergère qui gardait ses moutons sur un alpage,
il crut que c'était une princesse qui promenait
ses lévriers dans la montagne, et il l'emporta
aussitôt sous son bras. Il était content que ce
fût une princesse ; en effet, en tant que géant,
il avait une haute idée de lui-même, et il pen-
sait que c'était très chic d'avoir une princesse
prisonnière dans son château, surtout belle
comme celle-là, avec sa robe de dentelle et ses
bottines en nubuck. En réalité, la bergère ne
portait que des haillons et des sabots, mais,
pour être belle, elle était belle, bien que le
mauvais géant ne s'en fût rendu compte qu'à
moitié à cause de sa myopie. En fait, elle était
deux fois plus belle qu'il ne le croyait, c'est-

à-dire très belle, beaucoup plus belle qu'il n'aurait pu l'espérer. Mais il n'en sut jamais rien, car, tant qu'il la garda, aucun opticien ne voulut lui remplacer ses lunettes.

Ce mauvais géant, en outre, ne brillait pas par l'intelligence : quand il avait emmené la bergère, qu'il avait prise pour une princesse, ses moutons, qu'il avait pris pour des lévriers, eussent dû aboyer. Or ils bêlèrent, mais pas spécialement parce que le mauvais géant emportait la bergère. Ils bêlaient déjà avant, et le mauvais géant, qui était myope, mais qui n'était pas sourd, les avait bien entendus. Cependant, il s'était dit : « Tiens, des lévriers qui bêlent, c'est bizarre », et il n'y avait pas prêté davantage attention.

Une fois rentré dans son château avec la bergère, il l'installa comme une princesse dans une pièce magnifiquement aménagée en haut d'une tour. En réalité, cette pièce était un cachot, avec des barreaux à l'unique fenêtre par où il prenait jour. Puis le géant essaya d'embrasser la bergère, qu'il confondait toujours avec une princesse. Mais elle lui dit que ce n'était pas malin de sa part, de l'avoir enfermée d'abord, pour essayer de l'embrasser ensuite, et qu'il aurait dû d'abord lui faire sa cour.

— Bon, d'accord, lui dit le géant, on n'a qu'à recommencer depuis le début, je vous ferai la cour et je ne vous enfermerai pas.

— Ah non, répondit la bergère, c'est trop tard, maintenant, je préfère rester enfermée, et d'ailleurs vous ne me plaisez pas.

Alors le mauvais géant voulut se fâcher, mais il avait un peu honte de lui, et surtout il ne savait que répondre. Il dit seulement à la bergère que, dans ces conditions, elle resterait enfermée et que sa détention serait très dure. Ainsi, elle serait nourrie au pain sec et à l'eau, avec quelques grillons grillés mais uniquement le dimanche, jusqu'à ce qu'elle veuille bien se laisser embrasser. Après quoi, bien sûr, elle aurait droit aux mets les plus délicats.

— De toute façon, lui dit la bergère, ça m'étonnerait qu'un mauvais géant comme toi sache faire de la bonne cuisine.

Et elle mit elle-même le géant dehors, et elle referma la porte de son cachot.

Plusieurs jours passèrent, pendant lesquels le mauvais géant, à l'heure des repas, entrait dans le luxueux cachot de la bergère pour lui porter des plats amoureusement préparés ; et il les présentait à la bergère en lui demandant d'abord un baiser. La bergère refusait. Alors, le mauvais géant remportait le plat et lui faisait porter, par un serviteur auquel il avait pris soin de bander les yeux avec du sparadrap afin qu'il ne vît pas la beauté de sa prisonnière, un morceau de pain sec et un verre d'eau. La bergère, qui n'était pas difficile, parce qu'elle menait d'ordinaire une vie rude, s'en accommoda. Et elle ne se fût guère plainte de son sort si elle n'avait, à l'enfermement, préféré nettement la liberté. Aussi, dès le premier jour, avait-elle tenté de trouver du secours.

Évidemment, elle ne connaissait pas grand monde qui pût la sauver, d'autant que, depuis l'âge de treize ans, elle était orpheline. Par chance, elle avait ses moutons, qui lui obéissaient au doigt et à l'œil. Comme elle avait l'habitude, surtout, de les siffler, elle se mit à la fenêtre du cachot et les siffla, en glissant entre ses lèvres l'index et l'annulaire tendus et réunis par le bout, avec le majeur replié vers le bas, comme font parfois les garçons. Ses moutons, qui étaient rentrés à la bergerie en ne la voyant plus, le jour où elle avait été enlevée par le géant, en se disant que passé dix heures du soir il était inutile de l'attendre, étaient donc très loin d'elle. Pourtant ils l'entendirent, parce qu'elle sifflait très fort. Guidés par l'appel de la bergère, ils trouvèrent le chemin du château et se groupèrent au pied de la tour. Et ils bêlèrent pour l'appeler.

La bergère se précipita à la fenêtre du cachot. Mais, à cause des barreaux et de l'épaisseur des murs, elle ne pouvait pas se pencher pour voir ses moutons. Tout de même, elle les entendit bêler de plus belle, et ça lui fit chaud au cœur. Cependant, ça ne l'aidait pas beaucoup, car les moutons ne pouvaient pas escalader la tour. Quant au géant, alerté également par le bruit, il se précipita dans le cachot et, ignorant la bergère, se dirigea vers la fenêtre. Toutefois, pas plus qu'elle, il ne put voir les moutons, à cause de l'épaisseur des murs et des barreaux, bien sûr, mais aussi parce que, même sans les barreaux et les murs, il était myope, et que la fenêtre du cachot était très haute. Or, en entendant les moutons, il reconnut le bizarre cri de ces lévriers qui accompagnaient la princesse, le jour où il l'avait enlevée.

— Vos lévriers bêlent vraiment, lui déclara-t-il, je ne m'étais pas trompé, la première fois, mais je n'y avais pas prêté attention. Pauvre princesse, poursuivit-il. Entourée de chiens qui bêlent! Que voulez-vous qu'ils fassent pour vous? Vous n'avez vraiment pas de chance!

La bergère le trouva tellement bête, ce jour-là, qu'elle ne prit même pas la peine de lui répondre. Pourtant, elle le trouvait aussi très méchant, et cette méchanceté, elle, aurait mérité une réponse. Mais elle préféra se taire, car, lui semblait-il, il était encore plus bête que méchant. Et le mauvais géant la quitta ce jour-là sans même lui avoir demandé un baiser. «Il est tellement méchant et bête, se dit la bergère, que cette fois-ci il en a même oublié de m'aimer. Mais m'aime-t-il vraiment ? J'en doute. Et d'ailleurs je n'en ai rien à faire. »

Cependant, le mauvais géant, durant ces trois jours, avait été si vexé que sa prisonnière lui refusât un baiser qu'il s'était vanté dans tout le pays, pour se consoler, de retenir prisonnière en son château, afin qu'elle devînt sa femme, la plus belle des princesses qu'on eût jamais vue. Or un prince, qui n'était pas laid non plus, et qui ne manquait pas de courage, et qui cherchait à se marier, avait eu vent de la nouvelle. Sans tarder, il s'était mis en route vers le château du géant. Et, le lendemain à l'aube, il arriva au pied de la tour. Il s'étonna un peu d'y trouver un troupeau de moutons, tous endormis, et chercha des yeux la bergère qui les gardait, mais ne vit aucune bergère. Il se fraya un chemin avec son cheval parmi les moutons et, sans mettre pied à terre, de sa voix forte et bien timbrée, il appela la princesse.

Aussitôt, éveillés par l'appel du prince, les moutons se mirent à bêler. Comme la princesse n'avait point paru encore à la fenêtre du cachot, le prince l'appela de nouveau, mais plus fort, parce qu'il devait lutter de toute sa voix contre les bêlements. Enfin, la bergère s'approcha des barreaux, mais elle ne put paraître à la fenêtre, à cause des barreaux et de l'épaisseur des murs.

— Oui, je vous entends, cria-t-elle cependant, mais je ne puis vous voir ! Êtes-vous venu me délivrer ? Un mauvais géant me retient prisonnière dans cette tour, et j'aimerais bien en sortir !

— Pas de problème de ce côté-là, répondit le prince, en hurlant pour essayer de couvrir les bêlements des moutons, je suis au courant de votre situation et je suis venu pour ça. Mais on ne s'entend plus, ici, permettez-moi de chasser ces moutons afin que nous puissions parler un peu.

— Ah non, s'écria la bergère, je vous

l'interdis! Ce sont mes moutons et ils sont venus me porter assistance.

Le prince, surpris d'apprendre qu'une princesse avait pour animaux de compagnie de vulgaires moutons, ne sut d'abord que répondre. Puis il se dit que la princesse qui était enfermée dans cette tour était une originale, et, au fond, cela ne lui déplut pas, car il aimait bien les femmes qui sortent de l'ordinaire. Cependant, les moutons bêlaient toujours et il eût bien aimer les chasser pour s'entretenir avec la princesse. De sorte que, haussant la voix, il lui proposa de conduire ses moutons un peu plus loin, dans quelque pré où il resterait de l'herbe à brouter; en effet, au pied de la tour, il n'y en avait plus: les moutons, depuis la veille, avaient tout tondu, et ils devaient avoir faim.

Ce dernier argument toucha la bergère, et elle accepta que l'homme venu à son secours accompagnât plus loin ses moutons afin qu'ils broutassent et qu'elle-même pût s'entretenir en silence avec son futur sauveur. Mais, comme le prince restait à cheval pour guider les bêtes, il s'aperçut que le troupeau ne bougeait pas et il dut mettre pied à terre. Quelques moutons, alors, acceptèrent de se lever, car ils avaient l'habitude d'être conduits à pied, mais on était encore loin du compte. «Pourtant, se dit le prince, s'ils ont accoutumé d'emboîter le pas à une princesse, ils devraient bien pouvoir suivre un prince.» Mais le gros des moutons ne bougea pas, et le prince décida de ramasser une branche morte pour s'en faire un bâton. Ainsi, il ressemblait davantage à un berger. Cependant, certains moutons refusaient toujours de se lever. «Ce sont mes vêtements, pensa le prince, qui sont tout cousus de fils d'or, et qui doivent les gêner. Bien sûr, ils connaissent les riches atours de leur princesse, mais rien ne dit qu'ils soient prêts à suivre un prince luxueusement vêtu. Ce sont tout de même des moutons, et, en dehors de leur maîtresse, ils doivent préférer la saleté. » Alors le prince ramassa un peu de terre, la frotta contre ses vêtements afin de les salir, et les derniers moutons se levèrent.

Quand il eut conduit les moutons dans un pré, le prince revint au pied de la tour.

— Maintenant, nous pouvons parler, criat-il, vos moutons broutent non loin d'ici dans un pré bien gras et leurs bêlements ne nous gêneront plus.

— Sans doute, lui répondit la bergère, mais est-il bien utile, en définitive, que nous parlions ? Ne vous faudrait-il pas plutôt agir afin de me délivrer, mon cher sauveur ?

— Assurément, lui répondit le prince, je vous sauverai, ma douce, mais, auparavant, il me semblait plus gracieux de vous faire un peu ma cour, car je vous aime.

— Vous m'aimez ? s'étonna la bergère. Mais vous ne m'avez jamais vue !

— C'est qu'on va disant par tout le pays que vous êtes si belle, répondit le prince, que, au fond de sa poitrine, nul homme en vous voyant ne saurait contenir son cœur. Et, bien que je ne vous aie point vue encore, mon cœur bat déjà pour vous à l'idée de votre beauté.

— Attendez tout de même de m'avoir vue, rétorqua la bergère, mais, pour me voir, délivrez-moi d'abord. Je vous rappelle qu'à la fenêtre de ce cachot nul ne peut me distinguer, tant la tour est haute et tant les murs sont épais. Cependant, il me plairait que vous puissiez me délivrer même si j'étais laide, ce serait plus sympathique de votre part.

— Ne vous faites aucun souci, ma belle, répondit le prince, je vous délivrerais même si vous étiez laide. Mais je sais que vous ne l'êtes pas et cela, je dois vous l'avouer, m'encourage un peu. Après tout, je ne suis qu'un homme, et j'ai mes faiblesses.

— Bon, bon, dit la bergère, laissez cette question, si vous le voulez bien, et tâchez d'imaginer un plan pour me sauver. En attendant, pour que vous ne soyez point déçu quand vous me délivrerez, je vais me remettre un peu de rouge à lèvres.

– Eh bien, tout cela me semble parfait, répondit le prince, et je vais me mettre de ce pas à réfléchir.

Le prince, cessant alors de converser avec la prisonnière, s'assit dans l'herbe pour réfléchir, le menton posé sur le dos de sa main, le coude appuyé sur la cuisse, dans sa tenue souillée par la terre, avec son bâton près de lui. Et, de loin, on eût dit un berger qui, en effet, réfléchissait, en comptant ses moutons dans sa tête, par exemple. Évidemment, il ne comptait aucun mouton. Mais, de surcroît, il ne réfléchissait même pas à un plan pour sauver la jeune femme. Il avait seulement des doutes, à présent, sur la beauté de la prisonnière, et il se demandait si cela valait bien la peine de la sauver.

Une fée, qui heureusement passait par là, fut scandalisée par son attitude. Elle lut tout de suite dans les pensées du prince, et, découvrant son apparence de berger, eut l'idée de le punir de façon originale. D'un coup de baguette, donc, elle le transforma en berger *dans sa tête*, car, pour ce qui était de l'aspect extérieur, il n'y avait plus grand-chose à faire. Et le prince, immédiatement, dans sa tête, se mit à compter ses moutons. Quant à la fée, ayant fait son travail, elle poursuivit son chemin.

— Alors, demanda soudain la bergère du haut de sa tour. Avez-vous réfléchi?

— Pardon, répondit le prince (qui était devenu berger), qui me parle?

— C'est moi, répondit simplement la bergère, m'avez-vous déjà oubliée?

— Mais qui êtes-vous? insista le berger. Et d'ailleurs qui suis-je, et que fais-je donc ici?

«Oh la la, se dit la bergère, mon futur sauveur ne se porte pas très bien. Il ne doit pas avoir l'habitude de réfléchir, et ça lui a détraqué le cerveau. Qu'est-ce que je vais devenir?»

Cependant, l'ancien prince, devenu berger, reprenait ses esprits. Il se demandait seulement où étaient passés ses moutons. Enfin, il aperçut au loin leur troupeau et, rassuré à leur sujet, s'inquiéta de savoir qui était cette dame qui l'appelait du haut de sa tour.

– Qui êtes-vous, lui demanda-t-il de nouveau, et puis-je faire quelque chose pour vous ?

Car le berger en lequel la fée l'avait transformé était un bon berger, très serviable, et toujours prêt à secourir les gens.

Il m'a déjà posé ces questions tout à l'heure, se dit la bergère, et je crois bien qu'il radote un peu, maintenant, mais je ne veux pas contrarier sa bonne volonté. Et, de nouveau, elle lui expliqua qu'elle était prisonnière du mauvais géant. Toutefois le berger, lui, ne faisait que l'apprendre : jusqu'ici, en tant que berger, il n'en savait rien. Et il lui répondit que la seule chose à faire, étant donné la hauteur de la tour, les barreaux à la fenêtre et l'épaisseur des murs, était qu'il aille tuer le géant pour lui prendre la clé du cachot.

– J'y vais de ce pas, ajouta-t-il, et il empoigna son bâton.

Il gagna l'entrée du château et, courageusement, frappa le portail à l'aide du heurtoir de plomb sculpté à l'effigie du géant. Avec ce heurtoir, au moins, les visiteurs étaient prévenus, et ils savaient à qui ils avaient affaire. Le géant y était représenté très fidèlement, avec sa mâchoire énorme et ses yeux injectés de sang. «Brrr...», songea le berger, mais il attendit de pied ferme qu'on vînt lui ouvrir.

Toutefois ce ne fut pas le géant qui vint lui ouvrir. Ce fut son serviteur, à qui le géant, distrait comme il lui arrivait souvent, avait oublié de retirer le sparadrap qu'il lui collait sur les yeux pour que, à l'heure des repas, il ne vît pas la beauté de la prisonnière. Le serviteur était donc obligé de se déplacer avec une canne, pour toucher les obstacles qui se présentaient au-devant de lui.

— Bonjour, lui dit le berger, je suis bien chez le mauvais géant? Mais que faites-vous, mon pauvre ami, avec ce sparadrap sur les yeux?

Le serviteur lui répondit qu'en effet on était bien, ici, chez le mauvais géant, et que, quant au sparadrap sur les yeux, c'était pour qu'il ne vît pas la beauté de la princesse que le géant gardait prisonnière, quand il lui portait ses repas. Le serviteur ajouta qu'au demeurant il lui était plus facile de garder son sparadrap sur les yeux quand il ne portait pas ses repas à la prisonnière. En effet, quand il les lui portait, il était encombré d'un plateau, et cela le gênait davantage pour gravir les marches de la tour.

— Bon, lui dit le berger, c'est pas tout ça, on cause, on cause, mais il faudrait voir, mon ami, à me présenter votre maître, que j'ai bien l'intention de tuer afin de délivrer la prisonnière. Pouvez-vous me conduire à lui?

— Suivez-moi, répondit simplement le serviteur.

Le berger suivit donc le serviteur, pour commencer, mais bien vite il dut le précéder. En effet, le serviteur, avec son sparadrap sur les yeux, n'arrêtait pas de louper des marches, et le berger, pour se diriger dans le château, devait se contenter d'écouter ses indications : « à gauche », « à droite », « devant », etc. Et, comme ça n'était pas très pratique, le berger lui proposa, au bout d'un moment, de lui retirer son sparadrap.

— Si vous faites ça, le mauvais géant va me tuer ! s'écria le serviteur.

— Mais non, lui répondit le berger, puisque ce sparadrap n'est destiné qu'à vous empêcher de voir la prisonnière. Il vous le remettra quand vous irez lui porter son repas. Et d'ailleurs tout cela n'a aucune importance, puisque je dois tuer ce géant.

Le berger ôta donc son sparadrap au serviteur, et tous deux parvinrent dans une grande pièce très sombre où, près d'une cheminée ornée de têtes grimaçantes, les pieds dans des chaussons à l'effrayante pointure, le mauvais géant se reposait.

— Qui me dérange à cette heure ? fit-il de sa grosse voix.

— Je viens délivrer la prisonnière, répondit le berger, mais je vais d'abord vous tuer, c'est plus sûr.

Et il leva son bâton. Sans bouger de son siège, en tendant simplement un bras, le géant le lui arracha d'une pichenette. Puis il saisit le berger par le cou, le maintint en l'air et, le laissant se débattre au bout de son bras comme un pantin, comme s'il l'avait déjà oublié, dit à son serviteur :

— Ah, décidément, tu as les yeux très brillants, serviteur, je les vois briller dans l'ombre. Mais tu as bien fait de retirer ton sparadrap, j'avais oublié de te l'ôter. Et, quand tu ne portes pas ses repas à la princesse, je préfère que tu y voies clair. À propos, peux-tu me dire quelle sorte d'homme je maintiens dans ma main ? Avec cette fichue myopie, je n'arrive pas à voir exactement qui j'étrangle. On dirait un berger, non?

– C'est en effet un berger, maître, répondit le serviteur. Mais je crois qu'il est déjà mort, là. Il ne bouge plus.

– Ah, en effet, remarqua le géant, il est tellement léger que je ne m'en étais pas rendu compte.

Et il lâcha le berger, qui tomba sur le sol.

– Bon, dit le géant en regardant son énorme montre, je crois qu'il est l'heure que je passe en cuisine. Je dois préparer son ossobuco à la princesse. J'espère que cette fois elle me donnera un baiser. Tiens-toi prêt, toutefois, à lui apporter son pain sec. On ne sait jamais.

Et le géant s'en alla en cuisine. Le serviteur, penché sur le corps du berger, se lamentait.

– Mon Dieu, s'exclamait-il, qui donc nous délivrera enfin de ce mauvais géant? Quelle situation désespérante!

— Ne t'inquiète pas, fit une voix. Je vais essayer d'arranger ça.

C'était la fée, qui venait d'apparaître dans un coin de la pièce.

— Que je t'explique, dit-elle au serviteur. Ce berger que tu vois là était auparavant un prince pas très sympathique, et j'ai voulu le punir en le transformant. Et, pour ce qui est d'être puni, le voilà bien puni : le mauvais géant l'a tué. Mais je m'en veux un peu, car c'est un berger qui est mort, en définitive, dans cette histoire, en plus du prince que je voulais punir. Pour dire la vérité, j'ai mal calculé mon coup, et ça m'arrive de plus en plus souvent. En fait, la magie n'est pas une science facile, et il y faut beaucoup de réflexion. Mais je suis une vraie tête de linotte.

— Et que comptez-vous faire ? demanda le serviteur.

— Je vais ressusciter ce berger, répondit la fée. Et lui donner un peu plus de malice.

Pour la force, je ne pourrai jamais lui en donner autant qu'au géant, et encore moins plus.

— Moins plus? dit le serviteur.

— Oui, enfin, je me comprends, dit la fée, et, de sa baguette magique, elle toucha le berger.

Le serviteur, fasciné, observait le berger, mais rien ne se passait.

— Il n'a pas l'air de réagir, dit-il.

— Il faut attendre un peu, dit la fée.

Ils attendirent un peu, mais le berger ne réagissait toujours pas. Puis ils attendirent beaucoup, et le berger ne réagit pas davantage. La fée, alors, lui redonna un coup de baguette, mais aucun résultat ne s'ensuivit.

— J'ai l'impression que ça ne marche pas, remarqua le serviteur.

— Moi aussi, dit la fée. La dernière fois que j'ai ressuscité quelqu'un, c'était il y a une vingtaine d'années. J'ai dû perdre la main.

— Une vingtaine d'années? s'étonna le serviteur. Mais vous n'avez pas l'air si vieille!

— C'est ma magie, répondit la fée, qui rougit tout de même sous le compliment. Je n'ai aucun mérite.

— Alors, qu'est-ce qu'on fait? demanda le serviteur.

— On va enterrer ce berger, répondit la fée, et lui donner une sépulture décente. Et, du même coup, ça permettra d'enterrer le prince. Mais on ne va pas les enterrer tout de suite, il y a plus urgent. Regarde-moi.

— Mais je vous regarde, dit le serviteur, je vous regarde même depuis le début. Je ne rencontre pas une fée tous les jours, vous savez.

— Tu as de beaux yeux, dit la fée.

— Vous me gênez, dit le serviteur.

— Oh, je ne parle pas pour moi, dit la fée, je ne suis qu'une fée et je ne m'intéresse pas aux hommes pour mon propre compte. Mais tu pourrais bien plaire à la prisonnière de ce château et devenir son sauveur. Car, s'il n'est pas indispensable que le sauveur soit beau, ça ne peut pas faire de mal. Et puis, quand vous vous marierez, vous formerez un beau couple.

– Moi, je veux bien, répondit le serviteur, mais le mauvais géant est une puissance de la nature, et vous devrez me donner beaucoup de pouvoirs. Et, quant à la prisonnière, je ne sais pas si je l'épouserai. Je ne l'ai jamais vue, en fait : mon maître, quand il m'envoie lui porter son pain sec, me bande les yeux avec du sparadrap. Mais il est vrai qu'elle a une jolie voix.

– Je te sens déjà un peu amoureux, dit la fée.

– Oh, le mot est trop fort, dit le serviteur. J'aime bien sa voix, c'est tout.

– Taratata, dit la fée, il ne t'en faut plus beaucoup pour être tout à fait fou d'elle. D'ailleurs, tu vas bientôt la voir ; en effet, tu vas tuer le mauvais géant et tu ne seras plus obligé de porter du sparadrap sur les yeux. Tu lui plairas, et je suis sûre qu'elle va te plaire.

Et elle lui donna un coup de baguette.

– Allons, s'exclama le serviteur, comme s'il s'éveillait d'un rêve, je dois aller tuer mon maître. Excusez-moi, madame.

Et, de la main, il écarta prestement la fée, qui le gênait un peu pour passer. Il se rendit dans la cuisine du château, où le géant préparait son osso-buco, un tablier noué autour de la taille. Mais, comme son maître lui tournait le dos, le serviteur eut un scrupule : il ne voulait pas l'attaquer par-derrière.

– Maître ! appela-t-il.

– Qu'y a-t-il ? gronda le géant en se retournant. Ah, c'est toi ! Que me veux-tu ? Tu sais bien que je n'aime pas qu'on me dérange quand je travaille à la cuisine.

– Je vais vous tuer, dit le serviteur, parce que vous êtes un mauvais géant, et que vous retenez injustement dans votre château une jeune femme prisonnière.

– Ah, vraiment ? s'esclaffa le géant. Décidément, c'est une épidémie ! Tout le monde cherche à me tuer, en ce moment! Eh bien, essaie donc!

— C'est-à-dire que je n'ai pas d'arme, lui fit remarquer le serviteur. Si vous pouviez m'envoyer le couteau qui est là, près de vous, et qui sert à désosser les moutons, ça m'aiderait.

— Mais bien sûr! dit le géant. Tu le demandes si gentiment!

Et, saisissant le couteau à désosser, le géant le lança comme une flèche vers le serviteur. Mais le serviteur baissa la tête, et le couteau alla se ficher en vibrant dans la porte de la cuisine.

— Manqué! dit le serviteur.

— Tu ne perds rien pour attendre! grogna le géant.

Et il s'empara d'un autre couteau, à désosser les veaux, celui-là, et se rua sur le serviteur. Mais le serviteur, très vif, repassa la porte de la cuisine et s'enfuit dans un couloir du château. Le géant se lança à sa suite et, comme il allait le rejoindre d'une seule enjambée, le serviteur lui cria:

— Maître, si vous ne surveillez pas le feu, votre osso-buco va attacher!

— Tu as raison! grommela le géant. Je m'occuperai de toi plus tard!

Et il retourna à la cuisine.

Le serviteur, cependant, le suivit à distance, discrètement, jusqu'à la cuisine. Quand il eut refermé la porte, silencieusement, tandis que le géant était de nouveau penché sur son osso-buco, il tira sur le couteau que son maître avait planté. Mais le couteau était trop profondément enfoncé dans le bois de la porte, et le serviteur eut beau tirer, il ne parvint pas à l'arracher. «Décidément, se dit-il, la fée m'a donné un mauvais conseil. Je n'arriverai jamais à tuer mon maître, il est beaucoup trop fort. Mais je peux peut-être lui voler ses clés.» Et, comme le géant surveillait attentivement la cuisson de l'osso-buco, le serviteur poussa une porte qui donnait dans l'arrière-cuisine. Il y trouva l'escabeau qu'il cherchait et, ayant porté l'escabeau dans la cuisine, l'installa, le plus discrètement possible, dans le dos du géant. Il monta sur l'escabeau et, quand il fut parvenu tout en haut, au niveau de la taille du géant, il se mit à fouiller ses poches. Par chance, il trouva vite les clés du cachot et les retira, le plus discrètement possible. Après quoi, il sortit de la cuisine et grimpa les marches de la tour, jusqu'en haut, pour ouvrir le cachot de la prisonnière.

La bergère, qui n'avait plus de nouvelles de son sauveur, s'impatientait un peu et, pour se distraire, recomptait ses moutons dans sa tête pour la cinquantième fois quand le serviteur entra.

– Tiens, lui dit-elle, vous m'apportez déjà mon pain sec? Mais votre maître n'est pas encore venu me proposer de sa cuisine.

– Il va venir, lui répondit le serviteur. Nous n'avons pas beaucoup de temps devant nous.

– Attendez un peu, dit la bergère. Vous voulez dire que vous êtes venu me délivrer?

– En effet, répondit le serviteur.

— Mais c'est quelqu'un d'autre, qui devait venir, s'étonna la bergère. Un homme qui m'a appelée ce matin du pied de la tour. Vous n'avez pas de ses nouvelles ?

— Le géant l'a tué, dit le serviteur.

— Quelle tristesse ! se plaignit la bergère. J'aurais tant voulu le connaître ! Tout de même, il avait l'air un peu bizarre, ajouta-t-elle d'un air songeur.

— Pardonnez-moi, madame, la pressa le serviteur, mais nous ne devons pas bavarder comme ça. Il nous faut nous dépêcher.

— Une petite seconde, quand même, protesta la bergère. Regardez-moi.

— Mais je vous regarde, dit le serviteur, un peu gêné, je vous regarde même depuis que je suis entré et, pour ne rien vous cacher, vous me plaisez beaucoup.

— Vous aussi, vous me plaisez, répondit la bergère. Je ne vous avais jamais vu sans sparadrap. Et vous avez de si beaux yeux !

— Mais vous aussi, vous aussi, dit le serviteur, mais arrêtons de nous complimenter et dépêchons-nous, que diable !

Et le serviteur entraîna la bergère dans l'escalier.

— Vite, vite ! s'exclamait-il, le géant va monter vous porter son osso-buco et nous risquons de le croiser !

Quand ils eurent descendu les cent premières marches, ils entendirent une voix.

— Chut, dit le serviteur. Ne bougez pas.

— Le son est très faible, murmura la bergère. On dirait quelqu'un qui chantonne.

— Écoutez, ça se rapproche, murmura le serviteur.

— *Ah qu'il est bon, qu'il est beau, mon osso-buco !* entendirent-ils alors distinctement. *Ah qu'il est bon, qu'il est chaud !*

— Le géant ! s'exclama le serviteur. Il a l'air gai, ça m'inquiète. Restez bien derrière moi.

Et, comme le serviteur, au risque de sa vie, se tenait prêt à bondir sur le géant, quelqu'un apparut au tournant de l'escalier.

C'était un nain. Il chantonnait, en effet, et portait, de ses deux bras tendus, un énorme plateau où fumait un osso-buco. Quand il aperçut le serviteur, il le salua gaiement et lui jeta :

— Je m'occuperai de toi plus tard. Pour l'instant, je vais voir ma princesse. *Quoi qu'est bon, quoi qu'est chaud ? C'est mon osso-buco !*

Puis il poursuivit son ascension de l'escalier et, dépassant le serviteur, ne put faire autrement que de découvrir la bergère, cachée dans son dos.

— Ah, félon, s'exclama-t-il à l'attention du serviteur, tu m'as trompé ! Tu m'as volé mes clés pour délivrer ma princesse ! Mais tu vas me le payer !

Et le nain, qui avait tout à fait cessé de chanter, déposa son plateau sur une marche de l'escalier et se rua sur le serviteur. Le serviteur, d'une seule main, le saisit au cou et, l'élevant au-dessus de lui, lui demanda s'il préférait se calmer tout de suite ou mourir

étranglé, ou encore être brutalement jeté au
sol. À moins qu'il ne préférât tout simplement un bon coup de poing dans la figure.

— Pitié ! le supplia le nain. Je vais me calmer, je vais me calmer. Tu es trop fort pour
moi, maintenant, serviteur.

Le serviteur déposa le nain au sol, délica-
tement, et, au même moment, la fée apparut
dans l'escalier.

— Ah, je te cherchais, dit-elle au serviteur,

pour te dire quelque chose. Voilà : tu ne m'as pas écoutée, et tu as bien fait. Ce n'était pas une bonne idée, de tuer ce géant. Tu n'y serais jamais arrivé. Et je me suis dit que le plus simple, pour t'aider, était encore de le transformer. En nain, bien sûr, car il est plus facile de transformer quelqu'un en son contraire. Ça marche toujours mieux.

— Mais alors, dit le serviteur, troublé, si je comprends bien, je n'ai aucun mérite, à avoir délivré cette jeune femme.

— Non, bien sûr, répondit la fée, mais il n'y a pas que le mérite qui compte, dans la vie, je suis bien placée pour le savoir. Et puis tu t'es montré courageux, face à ce géant. Cependant, l'essentiel, c'est que vous vous plaisiez, la bergère et toi. Vous vous plaisez, non ?

— Si, dit le serviteur, c'est même le moins qu'on puisse dire.

— Le moins, oui, dit la bergère.

— Pardon ? lui demanda le serviteur.

— Elle dit la même chose que vous, intervint la fée, ne vous tracassez pas. Vous devriez l'épouser, au lieu de vous tourmenter.

— Qu'en pensez-vous? demanda le serviteur à la bergère.

— Ma foi, lui répondit la bergère, pourquoi pas? Puisque, c'est le moins qu'on puisse dire, nous nous plaisons.

Elle avait l'air de s'en fiche un peu, au fond, mais il était clair que c'était pour se donner une contenance. Le regard qu'elle lança au serviteur ne pouvait tromper personne: elle l'aimait déjà, en fait, et lui aussi, d'ailleurs, et chacun d'eux dansait d'un pied sur l'autre, pour cacher son émotion, et on voyait bien que ces deux-là avaient fort envie de s'embrasser, mais qu'ils préféraient pour cela qu'on procédât d'abord à leur mariage. C'était leur petit côté conventionnel.

— Excusez-moi, intervint le nain, qui jusque-là s'était tenu pudiquement à l'écart, mais mon osso-buco va refroidir. Comme de toute façon je ne peux plus vous épouser, chère princesse, autant que vous en profitiez. Mais je ne comprends pas pourquoi la fée vous a appelée «bergère».

— Et je ne comprends pas, moi, dit la bergère, pourquoi vous m'appelez «princesse». Car, en vérité, je suis une bergère, et non une princesse.

— Ainsi, j'aurais enlevé une bergère? s'exclama le nain.

— Apparemment, oui, répondit la bergère.

— Ah, c'est bien de moi! se lamenta le nain. Je n'en manque pas une. Si seulement j'avais eu mes lunettes! Mais ces lévriers qui bêlaient auraient dû me mettre la puce à l'oreille.

— Vous me fatiguez, à force, avec vos lévriers, se plaignit la bergère. Quand je pense que vous n'êtes pas capable de reconnaître un mouton!

— Oh, oubliez donc tout ça, lui dit le serviteur. C'est son histoire à lui, et la nôtre commence. Mais n'oublions pas, en revanche, que nous avons un berger à enterrer.

— Un berger? s'étonna la bergère.

— L'homme qui voulait vous sauver, dit le serviteur.

— Le prince, dit la fée.

— Je n'y comprends rien, dit la bergère.

— Ce n'est pas grave, dit la fée, goûtons plutôt à cet osso-buco, qui m'a l'air succulent, avant d'aller enterrer ce pauvre homme.

Et, comme l'osso-buco refroidissait, on décida que le plus court, pour manger chaud, était de se rendre au cachot, qui était plus proche que la salle à manger du géant. Du nain, pardon.

On déjeuna, pas trop gaiement, parce qu'on était un peu triste aussi à cause de l'enterrement, et l'on décida que le nain, logiquement, deviendrait le serviteur du serviteur et de la bergère. Et que le couple, au lieu d'aller habiter en ville dans un taudis ou sur un alpage, dans une masure, resterait au château, qui était plus spacieux. Mais, quand on eut achevé l'osso-buco – assez tard, d'ailleurs, car le nain, du temps où il était géant, avait prévu deux parts, une pour la prisonnière et une pour lui, qui était maintenant bien trop grosse, bien sûr, mais aussi pour les autres –, on entendit cogner à la porte.

– Qui est-ce ? demanda le serviteur.

En effet, à présent, c'était un peu lui le chef. Mais, comme il n'y avait plus rien à craindre, il n'attendit même pas la réponse et alla ouvrir.

– Le berger ! s'exclama-t-il. Qu'est-ce que vous faites là ?

– Hourrah ! s'écria la fée. Ma magie fonctionne encore !

– Je viens tuer le géant, dit le berger d'une voix sinistre.

Et tout le monde éclata de rire, y compris le nain, car il n'y avait plus personne à enterrer, et c'était tout de même plus gai. Cependant, on ne savait pas, désormais, ce qu'on allait faire du berger. Or, à cet instant, on entendit, par la fenêtre du cachot, les moutons bêler et réclamer la bergère. Alors, la bergère, qui ne comprenait pas grand-chose à ce qui passait, depuis quelques instants, mais qui était heureuse, maintenant, avec ce beau serviteur qu'elle aimait, dans ce grand château, alla à la fenêtre et cria aux moutons :

— Ne vous inquiétez pas, mes agneaux, je vous envoie quelqu'un !

Et elle fit un clin d'œil au berger, en tout bien tout honneur, bien sûr, et elle embrassa le serviteur, et tout alla pour le mieux dans le meilleur des mondes ; c'est que, si l'on se souvient bien, il ne restait qu'un ogre, dans les environs, à semer la terreur. Heureusement, on finit aussi par s'en débarrasser, de celui-là, mais plus tard. Car tout le monde avait besoin de prendre un peu de repos.

LE MONSTRE À SIX TÊTES

C'était un monstre à six têtes, une pour chaque jour de la semaine, moins le dimanche.

Le lundi, il sortait sa tête de dragon.

Le mardi, il sortait sa tête de chien.

Le mercredi, il sortait sa tête de fou.

Le jeudi, il sortait sa tête de mort.

Le vendredi, il sortait sa tête d'idiot.

Le samedi, il sortait sa tête de rat.

Le dimanche, il n'avait pas de tête, mais

un cou, seulement, coupé au-dessus d'une chemise à la propreté impeccable. C'est là qu'il faisait le plus peur, et pourtant il ne pouvait pas mordre. En revanche, il sortait ses griffes.

Il avait dévoré tous les chevaliers de la région, mais un jour, qui était un lundi, un chevalier d'une autre région le rencontra au plus profond de la forêt.

Car, pour les chevaliers, la semaine commence le lundi, comme pour tout le monde.

Ce chevalier avait fait le vœu de tuer le monstre à six têtes pour obtenir la main de sa bien-aimée, qui était la première des six filles du roi de Triangleterre.

Quand le chevalier rencontra le monstre, celui-ci, avec sa tête de dragon, mit le feu à son cheval.

Mais le chevalier avait eu le temps de sauter de son cheval, et il avait pris soin d'emporter avec lui son extincteur.

Avec l'extincteur, il éteignit son cheval,

puis il sauta sur le dos du monstre et commença à le chatouiller sous les bras.

Le monstre se mit à rire, tout en crachant du feu, mais dans n'importe quel sens. La forêt flamba. Le chevalier, sur son portable, appela les pompiers. Puis il sortit son épée, cria au monstre : « À demain ! » et lui coupa la tête.

Il rentra chez lui, dans son château, et passa une très bonne nuit.

Le mardi, le monstre sortit sa tête de chien. Ses crocs étaient impressionnants, mais le chevalier avait emporté avec lui de la viande en boîte. Il la donna au monstre, après l'avoir ouverte à l'aide de son ouvre-boîte. Puis il dit au monstre : « À demain ! » et, tandis que celui-ci mangeait sa pâtée, il lui coupa la tête.

Il rentra chez lui et passa une très bonne nuit.

Le mercredi, le monstre sortit sa tête de fou.

Il avait les yeux exorbités, un entonnoir

posé à l'envers sur le haut du crâne, et racontait n'importe quoi. Par exemple, il prétendait qu'il n'était pas fou.

— C'est ce qu'on va voir, lui dit le chevalier.

Et, sur son portable, il appela l'hôpital psychiatrique. Une ambulance arriva, six hommes en blouse blanche en sortirent, qui capturèrent le monstre.

— À demain! lui cria le chevalier. Excusez-moi, ajouta-t-il à l'intention des infirmiers, en brandissant son épée.

Et il coupa la tête du monstre.

— Ça sera plus simple, pour le soigner, expliqua-t-il aux infirmiers.

Il rentra chez lui et passa une très bonne nuit.

Le jeudi, le monstre, qui s'était échappé de l'asile, sortit sa tête de mort.

— Tu ne me fais pas peur, lui dit le chevalier, car les morts sont morts, et je n'ai même pas à te tuer. À demain!

Il rentra chez lui et passa une très bonne nuit.

Le vendredi, le monstre sortit sa tête d'idiot.

— Idiot, espèce d'idiot ! lui cria le chevalier.

Ce fut sa première erreur.

Le monstre, complètement idiot, en effet, ne comprit pas ce que le chevalier lui disait, et, le voyant s'agiter devant lui, il avança vers son adversaire sa grande tête d'idiot et le mordit cruellement à l'oreille.

— Aïe ! cria le chevalier, espèce d'idiot, tu m'as mordu !

Mais le monstre, qui ne comprenait toujours pas, lui mordit la seconde oreille.

Puis le nez.

Puis les joues.

Et la tête.

— Alouette ! brailla-t-il.

— Bon, à demain, lui dit le chevalier, avant de lui couper la tête.

Mais il était complètement défiguré. Il dormit mal.

Le samedi, le monstre sortit sa tête de rat. Le chevalier avait le visage couvert de bandages.

— Face de rat! cria-t-il au monstre.

— Tu ne t'es pas regardé! répondit le monstre.

Le combat fut rude, cette fois. Le chevalier ne s'était jamais battu contre un rat. Son épée glissait sur le poil lisse. Il dut le tuer à mains nues. Mais le rat lui mordit l'œil gauche.

Cette nuit-là, le chevalier dormit mal.

Le dimanche, il retourna au combat, avec un bandeau sur l'œil en plus de ses bandages.

– Ah, tu n'as plus de tête, aujourd'hui, dit-il au monstre. Eh bien, je vais te tuer le corps.

Le monstre ne répondit rien, bien sûr. Il sortit ses griffes et griffa cruellement le chevalier. Mais le chevalier lui coupa les pattes. Puis il lui dit : « Adieu » et lui perça le ventre. Le monstre s'abattit sur le sol.

Le soir, le chevalier se coucha de bonne heure.

Il dut attendre le samedi suivant pour se présenter au roi. Mais ses plaies n'étaient pas guéries, et il lui restait, en plus de son bandeau sur l'œil, deux gros pansements sur les joues.

– Qu'il est laid ! s'écria la fille du roi.

— J'ai tout de même tué le monstre, protesta le chevalier.

— Vous l'avez tué quand? demanda la fille du roi.

— Toute la semaine dernière, répondit le chevalier.

— Trop long, dit la fille du roi. Une semaine pour tuer un monstre! C'est minable.

— Il avait une tête différente chaque jour, répondit le chevalier. Il ne les sortait jamais en même temps.

— C'est comme mes filles, intervint le roi, très affable, qui cherchait à calmer tout le monde.

Et il expliqua que, tout comme le monstre sortait tour à tour chacune de ses têtes, lui, le roi, sortait tour à tour chacune de ses filles.

Le lundi, il sortait sa sixième fille, pour lui faire visiter des châteaux.

Le mardi, il sortait sa cinquième fille,

pour lui faire prendre l'air, car elle était très pâle.

Le mercredi, il sortait sa quatrième fille, pour sortir avec elle, afin qu'elle ne s'échappe pas pour aller danser avec les garçons.

Le jeudi, il sortait sa troisième fille, parce que c'était son tour.

Le vendredi, il sortait sa deuxième fille, parce que, ce jour-là, c'était son tour à elle.

Le samedi, il sortait sa première fille, parce qu'il voulait la montrer aux chevaliers du pays, pour la marier, mais ils étaient tous morts, alors on se promenait, simplement, puis on rentrait.

Le dimanche, il sortait sa femme, qui était aussi très pâle.

— Mais ça n'a rien à voir, père, déclara la fille du roi, quand celui-ci eut terminé son exposé.

— En attendant, rétorqua le roi, ce chevalier qui est là a tout de même tué le monstre. C'est le premier qui y arrive.

— Mais il ne me plaît pas, répondit la fille du roi. Il n'a pas une belle tête.

— C'est ma tête d'aujourd'hui, lui répondit le chevalier. Attendez que ça cicatrise, et vous verrez. Demain, il fera jour.

— C'est ça, revenez donc demain, proposa le roi. Ou plutôt non, c'est dimanche, je sors ma femme. Revenez samedi prochain, le jour où je sors ma fille. Nous irons faire un tour.

Le chevalier revint le samedi suivant, mais ses plaies s'étaient infectées.

— J'ai une complication, expliqua-t-il. Il faut que j'entre à l'hôpital.

— Je ne veux pas vous épouser, lui dit la fille du roi, mais je veux bien venir vous voir à l'hôpital. J'aime bien m'occuper des blessés.

— Elle est généreuse, dit le roi.

Et le chevalier entra à l'hôpital. La fille du roi vint le voir, le samedi suivant, avec son père, mais le chevalier se mourait.

— Je crois que c'est d'amour, que je

meurs, dit-il à la fille du roi. Car vous ne m'aimez pas.

— Mais si, dit la fille du roi, mais si, je vous aime bien.

— Dites-moi que vous m'aimez tout court, dit le chevalier, et je guérirai. Même si vous ne le pensez pas.

— Bon, dit la fille du roi, d'accord, je vous aime. Mais je ne le pense pas.

— Ne dites pas que vous ne le pensez pas, dit le chevalier.

— Je vous aime, dit la fille du roi.

— Ah, fit soudain le chevalier, je me sens mieux !

Et il se leva de son lit.

— Il est guéri, mais toujours aussi laid, murmura la fille du roi à son père.

— Ce sont ses blessures, dit le roi. Il est peut-être très bien, en dessous.

— Comment le savoir ? demanda sa fille. Et puis il lui manque un œil.

— Sois un peu charitable, ma fille, se fâcha

le roi. On dirait qu'il n'y a que le physique qui t'intéresse.

La fille du roi s'en trouva vexée. Elle se reprit.

– Bon, dit-elle, d'accord. Je l'épouse.

Et on célébra les noces. La fille du roi et le chevalier vécurent ensemble trois semaines, et la fille du roi s'habitua à la tête du chevalier, qui pourtant cicatrisait mal. Ses plaies se rouvraient tout le temps, et il fallait le soigner sans arrêt. La fille du roi en avait assez de passer sa journée dans les bandages et les pansements. Ce qu'elle ne supportait pas, non plus, c'est que le chevalier fût bête. Il n'avait aucune conversation. La seule chose qu'il savait faire, c'était se battre contre des monstres. Mais il n'y avait plus de monstre. Il s'ennuyait. La vie, au château, devenait insupportable. Tout le monde était très tendu. Le roi lui-même, irrité, se fâchait contre ses filles, il se battait comme un chiffonnier avec sa femme, et même les domestiques étaient de mauvaise humeur.

— Bon, ça va bien comme ça, dit un jour le roi au chevalier et à sa fille. Si au moins vous faisiez des enfants! Mais non, rien. Et puis vous, dit-il au chevalier, vous seriez mieux à l'hôpital. Ce monstre vous a amoché pour de bon. C'était bien la peine de le tuer, vraiment. Quant à toi, ma fille, tu ne fais aucun effort. Regarde comment tu t'habilles! On dirait une fille de salle. Allez, dehors, tout le monde!

Et tout le monde quitta le château, sauf le roi et les domestiques. Toutes les filles du roi, que le roi ne supportait pas plus que l'aînée, parce que, dans cette ambiance, elles n'arrêtaient pas de se disputer, partirent avec le chevalier et aussi avec la reine, vivre au plus profond de la forêt. Ils se nourrirent de racines, de fruits et de hérisson bouilli, puis se construisirent une cabane. La fille du roi soigna les plaies du chevalier avec des herbes sauvages et elles ne se rouvrirent pas, et la fille du roi finit par aimer le chevalier. Mais, question intimité, c'était loin d'être parfait, car la cabane était petite, et le chevalier était toujours aussi bête, et la fille du roi était toujours aussi exigeante. Elle voulut le rendre intelligent, parce qu'elle l'aimait. Elle n'y parvint pas, et elle ne l'aima plus. Ça redevenait l'enfer, comme au château, et c'était la reine, maintenant, qui piquait des crises. Mais elle ne pouvait mettre personne dehors, parce qu'elle n'était pas chez elle. Enfin, un jour, le monstre réapparut et donna un grand coup de pied dans la cabane. Le chevalier l'avait mal tué. Comme c'était un lundi, le monstre sortit sa tête de dragon et mit le feu à la cabane. Mais le chevalier n'avait plus d'extincteur, et il avait moins de courage qu'avant pour combattre le monstre, car il avait déjà épousé la fille du roi. Alors tous s'enfuirent et durent courir la journée entière pour arriver jusqu'au mardi, où le monstre sortit sa tête de chien. C'était le jour où, d'habitude, le roi sortait sa cinquième fille pour lui faire prendre l'air. La veille, le lundi, pendant qu'ils couraient tous pour échapper au monstre à tête de dragon, sa sixième fille avait sans cesse répété qu'elle préférait encore visiter des châteaux.

Au petit matin du mardi, donc, ils s'arrêtèrent de courir. Car la reine, qui adorait les animaux et en particulier les chiens, voulut caresser le monstre.

— Bon chien, lui dit-elle, viens ici, que je te donne un os.

Mais elle n'avait pas d'os. Elle chercha désespérément autour d'elle et n'en trouva pas. Et tout le monde dut se remettre à courir, jusqu'au mercredi, cette fois, pour faire face au monstre à tête de fou. C'était aussi le jour où le roi, d'habitude, sortait avec sa quatrième fille pour qu'elle n'aille pas danser avec les garçons. Or sa quatrième fille eut soudain envie de danser et, dès l'aube, elle se mit à danser devant le monstre à tête de fou. Le monstre la regarda en pointant son index contre sa tempe. Il fut si surpris et décontenancé de trouver plus fou que lui que la quatrième fille du roi décida de continuer de danser jusqu'au jeudi pour le distraire. À l'aube, elle s'écroula, épuisée, et le monstre sortit sa tête de mort. Comme il ne pouvait tuer personne avec cette tête, on passa une journée tranquille, à attendre le vendredi.

Le monstre sortit alors sa tête d'idiot. Comme tout le monde s'était bien reposé la veille et avait les idées claires, personne n'eut la mauvaise idée de le traiter d'idiot, et le monstre à tête d'idiot ne mordit personne de la journée. Il suivit la petite troupe, simplement, en secouant sa grande tête d'idiot, et on arriva comme ça tranquillement jusqu'au samedi. C'était le jour où le monstre sortait sa tête de rat et où le roi, d'habitude, sortait sa première fille pour la marier. Mais sa fille était déjà mariée et, de toute façon, elle ne s'intéressait plus au mariage. Elle avait beau ne plus aimer le chevalier, elle n'aurait rien fait pour divorcer afin d'en épouser un autre. Et puis, il n'y avait plus de chevaliers dans le secteur. Elle était complètement dégoûtée.

Elle avait l'air si dégoûtée, en vérité, que le monstre à tête de rat, ce jour-là, eut un gros coup de cafard. Il n'avait jamais vu une fille de roi si triste, et ça lui coupa l'appétit. Il ne mordit personne, et ce fut lui qui, la tête basse, un air de profond ennui peint sur sa gueule de rat, mena la petite troupe jusqu'au dimanche. Et, à l'aube, il se présenta sans tête.

C'était donc le jour où le roi, d'habitude, sortait sa femme. Mais la reine, qui était fâchée à mort avec le roi, ne regrettait pas que, ce dimanche-là, le roi ne fût plus là pour la sortir. Elle fit face au monstre et, comme il n'avait pas de tête, elle lui prit le bras et se promena à son côté. Elle pouvait imaginer qu'il avait n'importe quelle tête et ne se priva pas de le faire. Elle imagina que le monstre sans tête avait en vérité la meilleure tête de roi du monde, et qu'il était agréable d'avoir un tel

mari. Le dimanche s'écoula ainsi, paisiblement, sans qu'il fût nécessaire de tuer le monstre, et les semaines suivantes la même chose se répéta.

On rencontrait quelques problèmes, bien sûr, le lundi, quand le monstre sortait sa tête de dragon et qu'il crachait du feu sur tout le monde, mais on décida que le lundi serait une journée sportive, où tout le monde courrait pour se maintenir en forme. Pour le mardi, on finit par s'organiser et par trouver de quoi nourrir le monstre à tête de chien. Le mercredi, le jour du monstre à tête de fou, la quatrième fille en avait un peu assez de danser pour le distraire, alors on s'arrangea pour que tout le monde apprenne un peu à danser, de façon à la relayer. Le chevalier, lui-même, ne se débrouillait pas si mal et finit par devenir un assez bon danseur de tango. Et dès le jeudi, jusqu'au dimanche, c'est-à-dire du jour du monstre à tête de mort jusqu'au jour du monstre sans tête, chacun se reposait. La vie, au fond, n'était pas si désagréable, pour la famille bannie. Le monstre, à force, était devenu sympathique pour tout le monde, et, même le lundi, le jour où il crachait le feu, on courait de bon cœur.

Puis il advint que, le sixième lundi, le monstre ne parut pas. On s'inquiéta, car on avait peur de s'ennuyer, et tout le monde maintenant aimait bien le monstre. Même le chevalier, qui, le mercredi, le regardait parfois danser avec sa femme. Mais le monstre ne paraissait pas, on s'impatientait, et l'on commença à se disputer lorsque, sur son cheval, surgit un superbe chevalier.

— Qui êtes-vous? l'interrogea la reine.

— J'étais le monstre à six têtes, un pour chaque jour de la semaine, moins le dimanche, répondit le beau chevalier. Mais votre amitié, à tous, m'a enfin délivré du sort que m'a jeté l'épouvantable sorcière des marais, il y a deux ans de cela. Et votre amitié a permis aussi de ressusciter les six plus remarquables chevaliers que j'ai dévorés du temps où j'étais le monstre à six têtes, un pour chaque jour de la semaine, moins le dimanche. Ce qui fait qu'aujourd'hui nous voilà sept chevaliers pour vous complaire.

Le beau chevalier étendit le bras, désignant, au loin, les six autres chevaliers qui s'avançaient sur leur monture. Les six filles du roi, une pour chaque jour de la semaine, moins le dimanche, poussèrent des cris de joie, car, même pour les plus jeunes, qui n'étaient pas en âge de se marier, ces beaux chevaliers constituaient une charmante perspective. La fille aînée, abandonnant son chevalier stupide, se précipita dans les bras du superbe chevalier, en espérant qu'il ne serait pas stupide, celui-là, mais l'histoire ne dit pas s'il l'était ou non. Ses cinq sœurs, elles, sagement, attendirent de grandir. Le chevalier stupide, lui, partit sur son cheval à la recherche de nouvelles aventures et d'une nouvelle femme, mais en se promettant bien qu'il ne se battrait jamais plus contre un monstre à six têtes ni contre aucun autre monstre, et qu'il se mettrait aux études. Quant à la reine, elle ne fut pas déçue. Car le septième chevalier, dont personne n'avait voulu parce qu'il n'avait pas de tête — le monstre la lui avait définitivement coupée —, avait tout de même fière allure et ne risquait pas de la décevoir. La reine lui prit le bras, comme au monstre, et tous deux coulèrent des jours heureux au plus profond de la forêt, en compagnie de leurs filles et belles-filles et des six autres chevaliers, sans jamais se disputer, sauf le dimanche, par-fois, en souvenir du bon vieux temps.